Travel with A Heady Wind

薛忆沩文丛

与狂风一起旅行

薛忆沩 著

生活·讀書·新知 三联书店 生活書店出版有限公司

图书在版编目（CIP）数据

与狂风一起旅行 / 薛忆沩著 . — 北京 : 生活书店出版有限公司 , 2016.5
ISBN 978-7-80768-116-8

Ⅰ . ①与… Ⅱ . ①薛… Ⅲ . ①中篇小说—小说集—中国—当代②短篇小说—小说集—中国—当代
Ⅳ . ① I247.7

中国版本图书馆 CIP 数据核字 (2015) 第 185468 号

责任编辑 肖 严
装帧设计 罗 洪
责任印制 常宁强
出版发行 生活书店出版有限公司
（北京市东城区美术馆东街 22 号）
邮 编 100010
经 销 新华书店
印 刷 鸿博昊天科技有限公司
版 次 2016 年 5 月北京第 1 版
2016 年 5 月北京第 1 次印刷
开 本 787 毫米 ×1092 毫米 1/32 印张 6.5
字 数 108 千字
定 价 38.00 元
（印装查询：010-64002717； 邮购查询：010-84010542）

你是为狂风而来的，我是为你而来的

目录

自　序

就像“父子关系”一样，“两性关系”也是我在文学作品中执着地探讨的一个重要主题。它出现在我最早的作品中，也出现在我最近的作品中；它出现在我最长的作品中，也出现在我最短的作品中。我一直相信，探讨“两性关系”的奥秘是文学的天赋和使命。

以“两性关系”为线索，从我的全部小说作品中精选出一部小说集，是一个很好的想法：一方面，入选的作品都是我的代表作，它们足以呈现我写作的基本美学特征；另一方面，所有这些作品又都涉及一个共同的主题，与每个人的生活都密切相关的共同主题，这有利于读者去体会文学认知的丰富性和可能性。

神　童

只有我自己知道我没有参加那次庆功会的真实原因。那是市教委为我和我的老师举行的庆功会。那是为我获得了全国业余钢琴大奖赛少年组二等奖而举行的庆功会。会议组织者将会议的安排通知我父母的时候说，那一天全市所有的媒体都会派记者到场，而主管文教的副市长还将在庆功会上致辞，并亲自为我和我的老师颁发奖金和奖状。

但是在开会之前二十分钟，会议组织者突然接到了我父母的电话。他们说我因为高烧一直不退，肯定不能在庆功会上露面了。他们说我是两天前开始发烧的。他们说医生已经做了最大的努力，我的病情却还是不见好转。他们向会议组织者表示非常抱歉。他们说他们自己仍会按计划出席庆功会，为我代领奖金和奖状。不过，他们将肯定没有时间和心情接受媒体的采访。他们希望会议组织者能够体谅他们的处境。

实际的情况是，我父母那时候根本就不知道我的去向。天刚蒙蒙亮，他们就已经发现了我没有在自己的房间里。他们四处寻找，找了将近八个小时，还是没有任何结果。他们不得不打那个电话。他们不得不那样撒谎。他们以为我第二次离家出走了。我的第一次离家出走发生在他们拒绝我更换钢琴老师的请求之后。他们最后是接到广州火车站铁路公安办公室打来的电话才知道了我的下落。这一次，他们却完全“以为”错了：我根本就没有离家出走。我就躲在我们楼下的配电间里。天还没有亮，我就躲进去了。我决定一直躲到庆功会开始之后再出来。

我父母参加完庆功会匆匆赶回家的时候，我已经坐在自己的房间里了。他们如释重负。他们没有问我任何问题。他们应该知道，如果不是因为他们又一次断然拒绝了我的请求，我不会采取如此激烈的行动。我是两天前向他们提出不去参加庆功会的请求的。如果他们稍微耐心一点，让我有时间把话说完（也就是让我说出早已经编好的理由），事情肯定不会发展到这种地步。但是，他们不由分说地拒绝了我的要求。他们甚至说，我即使是发高烧发到了走不动的程度，他们也要将我架到庆功会的会场上去。

我父母一起走到了我的床边。他们没有责备我，也没有问我任何问题。他们只是说我没有去参加庆功会非常可惜。他们说副市长在会上的致辞令人振奋。他们说我的老师关于我这一两年琴艺飞速长进的介绍更是引起了到会的所有家长和琴童们的兴趣，将庆功会的气氛推向了高潮。我一直低着头。我耐心地等待着我父母把所有的话都说完。在他们最后准备将奖状打开给我看的时候，我突然抬起头来，向他们宣布了我如果去参加庆功会的话就会在那里当众宣布的决定。“我再也不会碰琴键了，”我坚定地说，“你们打死我，我也不会再碰了，一辈子都不会再碰了。”

……十三年过去了，这一切都还历历在目。

那时候我只有现在一半的年纪。那时候我是这座城市里引人注目的“神童”。那时候我受家人的宠爱，受社会的关注，受媒体的追捧。那时候我是所有孩子的榜样，更是所有家长用来评估自己孩子的坐标。所有人都知道我十三岁生日那天上午市长亲自打来了祝贺的电话。所有人都知道我在那次生日之前不久举行的全省初中生数学和作文比赛中都得了一等奖。所有人都知道我正在用原文阅读《哈利·波特》。所有人都知道我的国际象棋在我们这座城市里已经没有二十岁以下的对手……大家甚至记得我十二岁那年不仅已经熟知梁山泊全部好汉的姓名、绰号和座次，还读完了《战争与和平》和《西线无战事》。大家甚至还记得，我十一岁那年就已经能够背出《滕王阁序》和《过秦论》。大家甚至还记得我十岁那年发现了高考语文试卷上的一个错误。大家甚至还记得我九岁那年就能够随口说出耶路撒冷的面积和塞拉利昂的人口……关于我的钢琴，大家知道的当然就更多了：我几岁开始学琴，几岁开始得奖，几岁考过了几级等等等等都是报纸上重复过多次的内容。所有强迫孩子学琴的家长都用我的进度来测量和要求自己的孩子。我是这座城市里引人注目的“神童”。而根据一位儿童心理学家的研究，我最“神”的地方还在于我没有其他的“神童”都有的那些怪癖，比如偏执、比如忧郁、比如孤僻。所有人都知道我的心智十分健全。我一直都在担任班级和学校的干部，我经常去书城和图书馆做义工，我对邻居们很有礼貌，我在同学们面前非常谦恭……一句话，我是全面的“神童”，我是健康的“神童”，我是快乐的“神童”。所有人都知道这一点。

但是，只有我自己知道包括我父母在内的这“所有人”对我是多么的无知。他们看不到也不可能看到我耀眼的生活后面的黑暗。他们尤其不可能知道我在十三岁生日前后那半年多时间里的特殊遭遇。我在那一段神秘的时间里先后与“天使”和“魔鬼”相遇，身心遭受了巨大的折磨和震荡。没有人知道这一点。也没有人愿意知道这一点。庆功会本来是我的机会。我本来想利用那次机会让“所有人”都知道他们对我是多么的无知。但是，我突然退缩了。我突然向我父母提出了不去参加庆功会的请求。我突然不愿意向别人显露自己心灵上的创伤了……可是，我父母根本就没有耐心听我把话说完。他们说那是为我举行的庆功会，我必须去参加。他们以为我不去参加会让他们丢尽面子。他们不知道我去了才会让他们丢尽面子。

如果我去参加了庆功会，所有人就会知道我遇见的“天使”比我大十五岁。她是我的表姐。她在那个初秋的傍晚从石龙赶来。她的脸上没有一点光泽，目光里没有一点生机。她显得极为疲惫。我将近两年没有见过表姐了。我没有想到她突然变了样子：她已经不再是单纯的“表姐”了，她已经变成了一个对我充满诱惑的女人。哪怕她显得那样疲惫，我还是立刻就嗅到了她带来的那种特别的“气息”。那是从她生命深处渗透出来的“气息”，那是女人的“气息”，那是充满诱惑的“气息”。当她将手轻轻放在我头顶上的时候，我的身体畅快又羞涩地痉挛了一下。

母亲临睡前过来督促我关灯睡觉。她顺便告诉我，表姐要在我们家里住一段时间。我问为什么。母亲说因为她自己的家里已经不能住了。我又问为什么。母亲低声问我是不是看见了表姐左颊上的那一道伤痕。那是很明显的伤痕，我当然看到了。母亲说那是表姐夫用滚烫的锅铲打出来的。我又问表姐夫为什么要打表姐。母亲说她不知道也不想知道。她还提醒我千万不能向表姐打听那道伤痕的来历。

表姐在我们家住了两个星期。那是我生命中最神奇的两个星期。那两个星期里，母亲安排我睡在客厅的沙发上，而让表姐睡在我的房间里。那两个星期里的每天晚上，我都很难入睡。在我辗转反侧的时候，我总是听见表姐在我的床上辗转反侧。这种对应让我觉得“夜晚”是我们单独相处的地方……应该说还有未来。我有好几次看见了“我们”单独相处的未来：我看见自己已经变成了一个英俊潇洒的年轻人，而表姐还像现在这样年轻漂亮。她穿着颜色鲜艳的围裙，从厨房里端出了我喜欢吃的麻婆豆腐和粉蒸排骨。我盯着她洁白的臂膀，那一阵畅快又羞涩的痉挛又穿过了我的身体……那是我生命中最神奇的两个星期。夜晚的躁动和兴奋让我白天神情恍惚。我对任何事情都没有办法集中自己的注意力。不管是在黑板上、在琴谱上还是在天空上，我看到的都是表姐的身影：她鼻尖上的汗珠，她嘴角上的纹理，她飘动的头发，她隆起的胸脯，她大小臂挤压在一起而形成的那道诱人的缝隙……那是我生命中最神奇的两个星期。我每天下课之后都会以最快的速度往家跑。我只想尽快回到表姐的身边。我只想闻到从她生命深处渗透出来的那种女人的“气息”。

星期五的晚上，父母亲要去医院看望一位突然中风的同事。他们匆匆吃完晚餐就离开了。我第一次（也是唯一的一次）有机会与表姐单独相处。我们都还没有吃完。我故意减慢了吃饭的速度。我根本就不想吃完。我一边吃着，一边感受着与表姐单独相处的美妙。每次我们目光相遇的时候，表姐的脸上都会出现温情的微笑。我觉得那是只属于我的微笑。那微笑带给我至高无上的美感。那是音乐无法带给我的美感。那是任何其他人都不可能获得的美感。突然，我有点神魂颠倒了。我感觉自己已经变成了一个英俊潇洒的男人，我觉得自己已经进入了未来的世界。“他为什么要打你？”我突然很气愤地问。表姐微笑着看着我，似乎并没有觉得这是我不应该问的问题。“因为……”她说，“因为他知道我不爱他。”我没有想到表姐会这样回答。“你不爱他为什么还要跟他结婚？”我接着问。表姐放下碗筷，将身体靠到了椅背上。“我也不知道，”她说，“生活中不是所有的事情都可以问为什么的。”我没有被她的这句话吓到。我还有许多的“为什么”想问。“那你为什么不跟他离婚？”我继续问。表姐用迷惘的目光看着我。“因为他不想离婚。”她用沮丧的声音说。我比她还要沮丧。我不知道人为什么会生活得如此无奈。“你从来就没有爱过他吗？”我继续问。表姐很伤感地点了点头。“我爱另外的一个人。”她说。这“另外的”信息让我感到了一阵欣慰，好像那另外的人就是我自己。“你为什么不跟他结婚呢？”我迫不及待地问。“我不可能跟他结婚。”表姐说。“为什么？”我问。“因为他死了，”表姐突然非常激动地说，“因为他已经死了。”我全身颤抖了一下。我不敢再问任何问题了。我不想让表姐伤心。我低下了头。我想起了我见过的第一个死人。那是一个在水库里淹死的初中生。那一年我才七岁。我挤进围观的人群。我盯着那惨白的尸体。我突然知道了死亡的恐怖。而那还只是一个与自己没有任何关系的人，自己爱人的死该会有多么恐怖呢？！

没有人知道我与表姐之间的这次对话。更没有人知道这次对话对我的心理和生活造成的影响。这次对话让爱情和死亡在我的心中交会，孕育了我至今都无法摆脱的忧郁和恐惧。那天晚上，我就在这忧郁和恐惧的阴影下练习巴赫的《哥德堡变奏曲》。当弹到第十六首变奏曲的时候，我听到了从音乐深处传来的一个很神秘的声音：“他没有死，他没有死，他没有死……”这声音在短短的一分钟时间里不断重复，让我感受到了音乐的崇高和演奏的庄严。我发誓要加倍努力，要像大家期待的那样在下一次钢琴比赛中得奖。我要用殊荣来抚慰受伤的“天使”，我要用殊荣向表姐传递那神秘的信息：她的爱人没有死，他正在以不可思议的速度长大成人……就在这时候，从卫生间里传来的冲水声打断了我的思绪。我意识到表姐刚刚上完了厕所。这种低俗的“意识”马上带给了我一阵强烈的羞愧。我的手指停了下来。我将脸贴到了琴键上。我想让自己摆脱羞愧的纠缠。可是这时候，花洒喷水的声音又出现了。我意识表姐上完厕所之后接着还要冲凉。我意识到她已经脱光了衣服。我听到了她拉动浴帘的声音，接着是从她身体上反弹出来的流水溅洒在浴帘上的声音……强烈的羞愧立刻被更强烈的好奇代替了。我慢慢地离开了琴凳，慢慢地走出了房间，慢慢地将脸贴到了卫生间门的毛玻璃上……我什么都看不到。但是，我能够“听到”。我能够从水声的变化里“听到”表姐体态的变化。那充满诱惑的变化让我全身激烈地颤抖起来。我感觉自己已经到了崩溃的边缘。我感觉左下腹部猛烈地抽搐了一下。我感觉一股热浪喷出了我的身体。我感觉羞愧难当。

我只见过一次表姐夫，就是他来将表姐接走的那一次。他看上去果然像亲戚们谈论的那样温文尔雅。我无法将他与用滚烫的锅铲毒打表姐的那个人联系在一起。他将表姐接走了。（或者应该说是表姐跟着他走了？！）我望着他们远去的背影，一种浓烈的怨恨油然而生。我没有恨将我的“天使”接走的那个人，我恨的是我的“天使”。“为什么她要跟他走？”我绝望地向母亲提问。母亲心不在焉地回答说：“她要回家啊。”这粗糙的回答在我受伤的心灵上又刺了一刀。“那不是她的家。”我绝望地说。“你这是什么意思？”母亲心不在焉地问，“那你说哪里是她的家？”我低下了头。我知道我不能说。我不能说表姐的家在远方，在未来。我不能说她的家就是我的家。我恨表姐。我无法原谅她突然抛下我，跟着她不爱的人走了。我恨表姐。我无法原谅她让我短暂的初恋变成了我的第一次失恋。

……十三年过去了，这一切都还历历在目。

如果我去参加了庆功会，我一定会情绪激动地指着站在身边的那个秃头对所有人说：“就是他！”他是我的老师或者说恩师。这是所有人都知道的事实。而如果我出现在庆功会上，我会让所有人都知道，他还是一个“魔鬼”，一个差点儿将我推进地狱的“魔鬼”。

我们之间的机缘是那次全省的少年钢琴比赛。他是那场比赛的评委，而我当时还不到十一岁，是比赛中年纪最小的得奖者。比赛结束之后，他走到我父母身边，夸奖我很有潜力，并且说他愿意收我为学生。我的父母异常兴奋，因为他是有口皆碑的名师，因为所有家长都梦想自己的孩子能够得到他的指点，因为他的“愿意”不仅标定了我的水准，还预设了我的前景。

经过他一年的指导，我的琴艺果然突飞猛进。那是愉快又正常的一年。每次上课，母亲都会陪在我的身边。每次课后，母亲都会对名师的教法仔细评点。她说我太幸运了，能够得到如此精到的指导。她对我的进步也同样赞不绝口。母亲甚至改变了她一贯的态度，开始认为我应该确定以钢琴为终身的专业。

异常是从第二年的夏天开始的。我母亲那天对我说，像我这么自觉的孩子其实没有必要每次都由家长陪着去上课了。我后来知道这其实是“魔鬼”自己的说法。我母亲因此决定不再每次都陪着我去上课了。她说这是对我的一种“锻炼”。这种“锻炼”导致了异常情况的出现。我很快就注意到，母亲在场与不在场，“魔鬼”对我会有不同的态度。母亲不在场的时候，他对我会特别亲热。上课的时候，他不仅会有许多手把手的动作，他还经常会用手在我的肩膀或者后背上搓揉。而在下课之后，他不是简单地拍拍我的头，而是还要紧紧地抱我一下，才对我说再见。

表姐对我的影响也没有逃过“魔鬼”的眼睛。那最神奇的两个星期里，他每次上课都发脾气。他指责我注意力太不集中，他指责我眼睛盯着的好像不是乐谱。而我“失恋”之后的第一个星期，尽管我更不在状态，“魔鬼”却显得非常随和。他好像知道我生活中发生的变故，他好像很高兴我已经“失恋”，他好像有点幸灾乐祸。就是在那一天，他第一次将他的手放在了我的大腿上。他用他肥胖的手指在我的大腿上演示指法和力度。他的指尖与我大腿皮肤的接触让我感觉肉麻。但是我不敢反对，因为他说那是他发明的特殊方法，他说在大腿上演示容易将各种技术上的要求刻入我的大脑。而那天下课之后，情绪亢奋的“魔鬼”不仅紧紧地抱了我，还在我的嘴唇上亲了一下。这让我感觉羞愧难当。

那一天，我急急忙忙往家赶。我想马上将“魔鬼”的异常表现告诉母亲。但是跨进家门的一刹那，我突然改变了主意。强烈的羞耻感让我改变了主意。我怕母亲批评我或者笑话我，我更怕母亲不相信我。我决定不让母亲知道这件事，永远都不让她知道。接下来的那一次课，母亲本来是说好要陪我去上的，但是我在上课的前一天晚上告诉她，我不想要她陪了，我想自己去。我至今也不是太清楚自己为什么会那样做。我也许是怕她知道了我和“魔鬼”之间的秘密。这是一个非常错误的决定。它让“魔鬼”看透了我的懦弱。他看出了我完全没有反抗的勇气和能力。

他从此变得更加肆无忌惮了。在接下来的那一段时间里，只要母亲没有陪我，他就一定会反复使用他发明的“特殊方法”。终于有一天，弹着弹着，他的手指离我腹股沟越来越近。我正在不知所措的时候，他继续前进，将手指伸到了我的裤裆里。伴随着恐惧感和羞耻感，我的身体出现了迅速又强烈的反应。“你看，它懂音乐。”“魔鬼”用启发式的声音说，“音乐让它强大无比。”我根本就不敢往下看。我固执地盯着琴谱。我没有中断我的弹奏。但是，我根本就不知道自己在弹奏什么。我的眼前又出现了表姐湿漉漉和变化的体态，我好像又将脸贴到了卫生间门的毛玻璃上。我怀疑“魔鬼”已经知道了我的秘密。我感到无地自容。这时候，我的身体又被推到了崩溃的边缘。我紧紧地夹住双腿，想制止住身体的崩溃……已经太晚了，那股曾经令我羞愧难当的热浪又喷出了我的身体。

“魔鬼”的脸上出现了我从没有见过的得意笑容。我还不知道应该如何反应，“魔鬼”竟做出了让我更觉得无地自容的举动。他低下头，在我湿透的裤裆上亲了一下。

我冲动地站起来，冲动地收好琴谱，冲动地冲出了“魔鬼”的家。回到家里，我马上对我父母说我还是想跟原来的老师去学琴。我父母问我为什么突然会有这种想法。我说我还是比较喜欢女老师。“你这孩子怎么会有这种怪癖？！”我母亲说。而我父亲则斥责我不知好歹，辜负了恩师的厚爱。他们不同意我更换老师。他们说我现在已经到了大赛的前夕，这是我有生以来遇到的最大的挑战，不管有什么理由，我在这时候都不应该更换老师。我母亲鼓励我坚持下去，我父亲说坚持下去才能够捍卫“神童”的“尊严”。

那天晚上，强烈无比的羞耻感让我根本就无法入睡。许多稀奇古怪的意念在我的头脑中横冲直撞。其中最让我无法承受的是我的小麻雀变成了一只小爬虫。而那小爬虫又越长越大，越长越长，最后变成了一条大蟒蛇。那条大蟒蛇缠绕着我瘦弱的身体。我每到一个地方就会看见人们对着我指手画脚。在城市广场的一角，一个魔鬼举着火把向我逼近。大蟒蛇迅速散开，与魔鬼展开了搏斗。几个回合之后，一股白热的毒液从大蟒蛇嘴里喷出，将魔鬼顷刻间化为乌有。这些稀奇古怪的意念让我的身心更加疲惫。

有一刹那，我甚至想到了自杀。那是我一生中第一次想到自杀。我想只有那可怕的死亡能够抹去我无法承受的羞耻。是表姐将我从绝望的感觉中带领了出来。我突然想到了她。我想去找她。我想告诉她我不能告诉任何人的这一切。天还没有亮，我从床垫下翻出我积攒压岁钱的信封，然后悄悄溜出了大门。我在小区的门口上了一辆出租车。我让疲惫不堪的出租车司机将我送到火车站。我在那里买了一张到石龙去的火车票。

刚上车，我就感到了强烈的睡意。我马上就靠在窗户上睡着了。我不知道火车已经经过了石龙车站，我甚至不知道火车已经到达了终点站广州车站。是列车长将我叫醒的。她马上就发现了我是离家出走的孩子。她将我交给了火车上的乘警，乘警又将我转交给广州火车站铁路公安办公室。母亲接到铁路公安的电话后马上就赶了过来。

在回家的大巴上，母亲问了我一些问题，我都没有回答。我的头靠在车窗玻璃上。我的右手手指在车窗玻璃上机械地重复着《哥德堡变奏曲》最开始的那几个小节。突然，一个奇怪的想法出现在我的头脑中。我决定认真练琴，争取将在不久举行的全国比赛中获奖。我知道获奖之后我们城市将会为我们举行隆重的庆功会，我和“魔鬼”将会一起站在主席台上。那是我的机会。我会指着他的秃头对所有人说：“就是他！”这个想法让我振作起来。我告诉母亲，我已经不打算更换老师了。不过，我希望她还是每次都陪我去上琴课。“现在每节课的内容太多了，”我说，“我自己根本就记不住。”

……十三年过去了，所有这一切都还历历在目。

后来的许多事情大家都很清楚：我果然在比赛中得了奖。市教委果然要为我和“魔鬼”举行庆功会。那正是我为自己创造的机会。但是，在开会前两天我退缩了。我知道我没有勇气将自己蒙受的羞辱公之于众。我父母不理解我。他们拒绝了我不去参加庆功会的请求。我只好用“失踪”来逃避。躲在配电间的那一段时间里，我为自己的退缩而羞愧。我更为钢琴带给我的耻辱而羞愧。我决定再也不碰琴键了。我必须远离钢琴。我必须忘记钢琴。我的决定并没有让我父母大惊失色。我上一次离家出走的经历仍然让他们记忆犹新，仍然让他们心有余悸。他们回到自己的卧室里去了。他们在那里发生了激烈的争吵。然后，我母亲独自从卧室里走出来。她走到我的身边，扶着我的肩膀，用很温和的声音提醒我应该抓紧时间复习学校的功课，因为期中考试就快到了。我从这句与我的决定无关的话里听出了父母们刚才争吵的结果：他们妥协了。这是他们对我的第一次妥协。

……十三年过去了，所有这一切都还历历在目。

是"魔鬼"的死让我重新想起了这一切。我从此再也没有碰过琴键了。我也放弃了包括阅读和国际象棋在内的所有业余爱好。我变成了一个对什么都没有兴趣的孩子。我的学习成绩也迅速下降。我虽然勉强考上了全市最好的高中，但是高中阶段的学习成绩却继续下滑。最后，我只考上了位于汕头的一所普通大学。我学的是文秘专业。大学三年级的上学期，我受强烈的厌学情绪困扰，曾经一度有退学的冲动。但是当时我父母的关系已经到了最紧张的阶段，我不敢再给他们添任何麻烦。我知道那一天他们在是否应该向我妥协的问题上出现了严重的分歧。那是他们关系破裂的端倪。我勉强完成了学业。毕业之后，我先是通过父亲的关系进入了市政府属下的一个小机构。在那里工作四年多之后，我调到了一家著名的房地产公司。那家公司的办公室主任是我母亲大学时代的同学。我一直在她的手下工作到现在。

十三年就这样过去了。这是极为平庸的十三年。父母最后终于还是离婚了。除此之外，我的生活中再也没有发生过什么重大的事件。当然，我经常还是会被人认出来。我也经常听见别人在背后或者甚至当面议论我。他们最常见的感叹当然是“太可惜了”。我对他们的议论和感叹无动于衷。他们不知道我经历过的地狱般的黑暗。他们不知道“天使”带给我的忧伤。他们不知道“魔鬼”带给我的绝望。他们不知道我自己一点也不觉得“可惜”。他们不知道我一点也不在乎自己曾经是这座城市里引人注目的“神童”而自己现在什么都不是。

也许我心理的（或者是生理的？！）那种令我费解的变化可以算是发生在我生活中的大事。最近三年来，经常有人想给我介绍女朋友。可是，我发现自己对“异性”不仅已经没有任何的兴趣，而且还有了一种很深的反感。我觉得女孩子都很龌龊都很无聊。我觉得她们会弄脏或者弄乱我的生活。我隐隐约约地觉得这种心理的（或者是生理的？！）反感是十三年前那两段痛苦经历留下的创伤，但真凶到底是“天使”还是“魔鬼”，我却并不清楚。

现在，“魔鬼”死了。这当然也应该算是我生活中的一件大事。他是服用了过量的抗抑郁药片之后死在自己家的沙发上的。那是我曾经坐过的沙发。那是带给我许多痛苦记忆的沙发。我知道在我停止学琴之后，“魔鬼”的生活发生了巨大的变化。他很快就不再带学生了，他很快就不当评委了，他很快就不大出门了，他甚至很快就不接电话了。我母亲每年都会去看他两次。她说他家里乱七八糟，气味也很不好闻。她说不少人想为他物色一个合适的女人来照顾他的生活，他总是断然拒绝。她说最近这些年来，他抽烟抽得非常厉害，喝酒也喝得非常厉害。他得了很严重的抑郁症。

是母亲首先将“魔鬼”的死讯带给了我。她没有想到我会想去参加“魔鬼”的葬礼。她用费解的目光看着我。她知道这十三年来，我从来没有对“魔鬼”的状况表示过任何兴趣。“你不知道你停止学琴对他是一种怎样的打击，”母亲说，“我一直都在为这件事感到深深的内疚。他曾经对你寄托过多么大的希望啊。”

我很容易就可以终止母亲的内疚，甚至将这深深的内疚转化为深深的憎恨，但是我不想那么做。我不想让她知道十三年前“魔鬼”在我的生活中和身体上留下的痕迹。身体上的痕迹在我回家之后就被冲洗掉了。但是，生活中的那种痕迹却永远也不可能抹去。我已经带着那种痕迹生活了十三年。这是平庸的十三年。经过时间平庸的浸泡，我现在不仅一点也不恨他了，甚至还有点感激他。这是我想去参加他的葬礼的原因。我真的有点感激他。如果不是因为他有点肥胖的手指，如果不是因为那些手指将音乐送进了我的裤裆，如果不是他对我的那种特殊的“启发式”教育，我现在肯定还是“神童”，我肯定还以为自己是“神童”。我肯定还在做“神童”的梦。那是我父母让我做的梦。那是我们这个狂躁的社会让我做的梦。真的，我现在甚至还有点感激我的恩师：是他魔鬼般的行径将引人注目的“神童”变成了一个平庸的人。我其实就是一个平庸的人。

与狂风一起旅行

葬礼已经过去一个星期了，仍然有人在责备我的缺席。当时我的孩子们向大家解释说，他们怕我过于悲伤，所以不让我参加。他们的确是很担心，因为他们知道在葬礼之前的那天晚上，我突然失声痛哭，一直哭到了葬礼那一天的凌晨。可是，我的孩子们并不知道我为什么突然会那么激动。多年以来，他们一直以为我是一个不会激动的人。我自己也以为我是一个不会激动的人。但是在葬礼之前，我真的哭了几乎整整的一夜啊。

我的丈夫是一个了不起的人。报纸上这么说。所有人都这么说。从前，我自己也这么说。现在……我会有一点犹豫。我会非常痛苦。我甚至不愿意再去评价他，或者再去评价我们将近四十年的婚姻生活。从前，我一直以为我们生活得非常幸福。前面的三十年，他几乎没有离开过我。最近这些年，我偶尔会有一种不祥的感觉，觉得他会要离开我。可是他没有。是的，他没有。直到十天以前，他才离开。临终的时候，全家人都围在他的身旁。他的嘴角现出了满足的微笑。

最近这些年，我们有过无数次我以为是即兴的旅行。我从来就不怎么喜欢活动，可是我发现这种即兴的旅行能够令我的丈夫精神焕发，所以每次都答应了他的要求。他要求我与他同行。我们总是突然就出发了。我往往来不及做任何的准备。不巧的是（或者应该说“凑巧的是”），每次旅行我们都遇上了狂风。这令我非常沮丧。因为我从来就对风有一种特殊的反感。我觉得风很像是一个强盗。我的丈夫非常理解我的这种感觉。起风之前，他会很周到地检查房间的窗户是否已经关好，他甚至会帮我将窗帘也拉上。他知道甚至风摇晃树枝的景象也会令我惶惑不安。一切安排好了，我的丈夫会低声说：“我出去走走。”他好像是在自言自语。我知道他非常喜欢狂风。他有一次说狂风的吹打令他感到生命的存在。他会出去很久很久。他离开之后，我会感到特别的孤独。我甚至会觉得他也许会要离开我了。夜深以后，我会独自睡去。等我醒来，我的丈夫一定也在房间里熟睡。最初的几次，在他醒来以后，我会关切地问他是什么时候回来的。他总是简单地回答说：“很晚了。”后来，我就不再多问了。我不想再多问了。

在我丈夫去世后的那几天里，我一直在忙于整理他的遗物。葬礼的前一天中午，我在他装旧书的纸箱里翻出了一个很精致的日记本。我的丈夫从小学阶段就开始写日记……直到十年前的那个元旦。那一天，他将他所有的日记都交给了我。他说他不想再记录自己的生活了。可是，在我翻到的日记本里竟有他最近这些年的日记。更准确地说，是令我印象深刻的那无数次即兴旅行的记录。我翻动着这些记录。很容易，我就看到了另外一个人。与我正好相反，那是一个迷恋风的人。她出现在我们的每一次旅行之中。我的丈夫和她站在一起：他们在海滩上；他们在山坡上；有一次，他们竟站在悬崖边上……狂风吹打着他们的身体，他们的身体。有一次，我的丈夫对她说：“你是为狂风而来的，我是为你而来的。”

一开始，我会抵挡不住一种强烈的吸引，愤怒地去想象那个人究竟是谁。在日记中，我的丈夫对她的记录用的是第二人称，好像所有的叙述都是耳语。

我很快就挣脱了想象的诱惑。她究竟是谁与我又有什么关系呢？我拒绝想象试图向我呈现的任何细节。可是，我却抵挡不住悲伤对我的打击。它来得那样粗暴，那样猛烈。我失声痛哭起来，哭了几乎整整一夜啊！

即使我的孩子们没有那样担心，我第二天也不打算去参加葬礼。当葬礼进行的时候，我安静地躺在沙发上。我在想：为什么我的丈夫每次都一定要我陪在他的身边呢？为什么他不愿意（或者是不敢）单独与狂风一起旅行呢？在我极度愤怒的那几个小时里，我会觉得我们这些年的那些即兴的旅行对我是一种莫大的侮辱。现在我平静下来了，不再那样想了。可是，为什么？为什么？……我真的觉得迷惑不解。

是的，现在我还会说我的丈夫是一个了不起的人，尽管我已经不怎么愿意再提到他了。这个了不起的人在永远离开了我之后，突然让我觉得迷惑不解。而我们曾经有过将近四十年的婚姻生活哪！从前，我一直以为我们生活得非常幸福。

生活中的细节

每次旅行中都要发生一些不愉快的事情。开始我非常难受也非常计较，后来就渐渐习惯了。

最近的这次旅行看来一切顺利。回家的那天，气温二十摄氏度左右，而且阳光明媚。上车之前，妻子还收听了全国的天气预报。我们那个城市长达两星期的秋雨终于停了。“瞧，一切都这么好。”妻子轻松地说。

我们那节车厢里的人不算多，却弥漫着浓浊的烟味。在座位上坐下之后，妻子皱起眉头看了我一眼。

“可以打开一下窗户吗？”我马上向坐在对面的人提问。

他们漫不经心地点着头。

我把车窗提起来，空气的状况并没有立刻得到改善。“等开车了大概会好一些。”我低声解释说。

妻子温暖地笑了笑。“其实这样就够好的了，”她说，“想想我们来的时候。”

我们的对面坐着两个女人和一个男人。两个女人长得都很漂亮，她们的打扮更是非常性感。那个男人个头很大，但显得并不结实。他说话的时候活泼得像一个少年。他们三个人在不停地说话。

可是，列车开动后不久，三个人对说话就都有点心不在焉了。两个女人开始津津有味地品尝起各种零食。看得出，上车前她们做了很充分的准备。而那个男人一会儿很出神地打量着我们，一会儿又若有所思地打量着窗外。

妻子用胳膊肘碰了碰我。“这个人是怎么回事？！”她俯在我耳边说。

“我们像是一对私奔的人。”我俯在她的耳边，一本正经地回答。

妻子不以为然地笑了笑。然后，她伸了一个懒腰，轻松地说：“还记得小时候坐火车的感觉。那时候，总是痴痴地盯着窗外，对后退的风景那样着迷。现在想来真有点不可思议。”

列车第一次停站的时候，我和妻子到月台上去买了两份盒饭。“我们最后的一点钱都用完了。”妻子对我说。

“这趟旅行中的一切都恰到好处。”我得意地说。

妻子也冲着我愉快地笑了。

回到座位上，我们很快吃完了盒饭。“味道还过得去。”我评价道。

妻子点了点头。“比来的时候车上卖的那种要好多了。”她说。

我刚想提醒她，不要念念不忘来的时候那趟拥挤不堪又服务极差的列车。这时对面那个男人用试探的口气喊出了我妻子的名字。

妻子吃惊地看了看他，又转过脸来迷惑不解地看了看我。

那个男人精神为之一振，在他右边那个女人的大腿上狠狠地拍了一下。“我怎么看就怎么像嘛。”他激动不已地说。

坐他左边的那个女人匆匆忙忙把嘴里的零食嚼碎咽下，迫不及待地说：“我早说过了，世界上的女人都跟你有关系。”

那个男人得意地痴笑起来。但是突然，他的表情又变严肃了。他看着我仍然显得疑惑不解的妻子。“怎么，你不记得我了吗？”他焦急地问。

妻子没有肯定也没有否定。

“在我们的协会里，那时候——”那个男人猛然放慢了说话的速度，“当然，那有很多年了。”他说。

妻子的表情还是那样，不肯定也不否定。

“记得协会组织的那次郊游吗？”那个男人提示道。

妻子这时候好像突然想起了什么。

“最后我们去了水库。”那个男人提示道。

妻子显然已经想起“那次郊游”。

“你在水库里被折腾得够呛。”那个男人笑呵呵地提示道。

妻子侧过脸来看了我一眼，然后，又将脸转过去。“那次有很多人去了。”她很有把握地说。

“没错！”她的记忆让那个男人情绪高涨，他兴奋地说，“有十几个，也许二十几个人。”他停顿了一下，然后接着说：“但是别忘了，只有一个女的下了水。”

“你的记性真好。”妻子冷冷地说。

“我还记得协会主席得意地说，只有他能够将你拉下水。”那个男人说。

妻子轻蔑地笑了笑。然后，她指着我：“这是我丈夫。”

那个男人将手伸过来，脸却还是冲着我的妻子："早听说你结婚了。"他的语气显出他的心不在焉。他显然不愿意打断自己关于"那次郊游"的记忆。

"你好。"我大声向他打招呼之后，那个男人才将脸转过来，看了我一眼，并且回应了一声"你好"。

这次旅行已经过去几个月了。在这几个月里，我常常听到妻子跟我谈起我们在返程列车上的经历。"我对火车上的那个人只有一点儿隐约的印象。我至今还想不起他的名字。"她解释道。我在她解释完以后总是说："没什么。"或者是："这又有什么呢？"

但她还是不停地向我重复她的解释。

我想，除非下一趟旅行又碰上另一些不愉快的事情……否则，她会永远这么解释下去。

流动的房间

我们每个人的记忆中都有一座神秘莫测的城市。那座城市养育过我们的欲望和激情，又让我们惶惑，让我们焦虑。那座城市很可能是我们记忆之中最后的防线。它捍卫着生命最后的尊严。当时间的洪水没过这道防线，死亡就将接踵而至，生命就将蜕变成虚无。

关于那一座城市，我们也许有非常复杂的记忆……我们也许还记得穿过城市的河流以及从河流上驶过的那些破旧不堪的货船。我们也许还记得城市周围绵延不断的群山以及群山中那些被砍伐的森林。我们也许还记得城市里错综复杂的街道以及在街道上来来往往的人群，表情呆滞的人群。我们也许还记得，还记得城市错综复杂的历史以及被不断革命的风暴扫荡得无影无踪的历史的踪影……

在我的记忆中，这一切都已经黯淡了。我记忆中的那座城市不仅失去了它的历史，也与现实脱节。我已经无法在记忆中确认它的方位和格局。我甚至没有把握它是否真的存在过或者它是否曾经存在过。依然漂浮在记忆之中的只有那些房间，那些流动的房间……那是时间海洋中的孤岛。我能够清楚地看见自己在那些孤岛上的身影。我经常会对自己与孤岛的关系着迷，不知道究竟它是我的居所还是我是它的居所。我也经常会对那些出现在不同孤岛之上的“我”着迷。我知道，那每一个“我”都是怎样的不同啊……可是，语言简化了我的生命和感觉，它用一个代词囊括了“我”。而我还要忍受着这简化的屈辱，去捍卫生命最后的尊严……有时候，我真的希望这记忆最后的防线能够迅速被时间攻破，我想尽快摆脱掉所有关于生命的疑惑。没有想到，这防线竟是如此地稳固，许多年之后，那些流动的房间依然在我的记忆中缓缓地流动……

……

……的房间

堆满书的房间

在这陌生的房间里我几乎没有陌生的感觉，因为这是堆满书的房间。房间被书架环绕着。书架上的书摆放得非常随意。与东面的一侧书架平行摆放着一张简陋的单人床。床上也码放着一些书，而床底下塞满了各种开本的杂志。我刚走进这陌生的房间。除了书和樟脑的气味以外，我还立刻嗅到了欲望的气味。也许是这种气味使我几乎没有陌生的感觉呢？！我觉得自己好像曾经来到过这里，并且曾经在这里获得过复杂的生命体验。这种亲密的幻觉突然令我感觉有点尴尬，好像我即将经受一场生命的蜕变。

我战战兢兢地走近那些书。我觉得只有走近那些书，我的尴尬才能得到抑制。书是我的乐园、药片或者避难所。书是终极的安慰。我总是能够从自己读过的书中辨认出自己。我也总是能够从别人读过的书中辨认出别人。现在，我有点不知所措的身心特别需要这种安慰。

我的手指从书脊上滑过。一开始，它滑动的速度十分急切。可是突然，我意识到这滑动很像是抚摸，手指立刻带上淡淡的伤感，滑动的速度减缓下来。是的，我正在抚摸的不是堆满了房间的书，我正在抚摸这堆满书的房间。除了书以外，这房间里还有无数裸露的角落和空隙……最重要的是，这房间里还有人——房间的主人。如果我的手指能够触摸房间的每一个角落和空隙，它也就将触到房间主人的皮肤，触到它的干燥、它的潮湿、它的坚硬、它的松软，触到它与时间的耳语。不，我不能够放纵自己的手指。我减缓了它滑行的速度。但这好像还不够，好像还不能消除抚摸引起不安。我伤感地将手指从书脊上移开，用目光代替它的滑动。房间里微弱的灯光增加了我目光的浓度……好，我看见了佩雷克的《生活指南》。我知道有人将它与《尤利西斯》相媲美。我还隐隐约约记得卡尔维诺对它的赞誉，在这本书的第五十七章。作者用前四段详细地描写了一个波兰美女在巴黎的房间。她的床头柜上摆放着一本侦探小说。小说中，X杀了A，法官知道这一点却无法给他定罪。接着，一个政府官员杀了B，这一次，X却被怀疑，被逮捕、被审讯、被定罪、被处死。这本小说本身就是一本生活的指南……摆在它旁边的是一套《观堂集林》。不，这是不完整的一套，它缺了第二册。在书架的另一个角落也许可以找到那一册。我记得那一册里有《殷卜辞中所见先公先王考》。我们最远的祖先被精密的考证复活了，远去的生活最终都变成了零散的符号。而今天的生活则被进一步简化，简化成轻浮的数码。生活总是在抛弃生活……好了，下面一本是卡尔维诺的《文学机器》，他的那个文论集的英文版，其中有一篇纪念巴尔特的文章，那篇文章发表于一九八〇年的四月九日。四月九日正好是那个与我关系最为密切的人的生日，所以我对这篇文章特别留意。在文章的第三段，卡尔维诺描述了十几天前躺在棺材里的巴尔特的模样。那位符号学大师细腻的思想究竟会不会因为死亡而停止？死亡是生命的“零度”……在不远的地方，我看见了著名的《罗马革命》。这本书强调了联盟在罗马政治生活中的重要性，也充分肯定了人的复杂性。有一张一九八三年四月四日的《泰晤士报》的剪报夹在书的第二〇〇页到第二〇一页之间。那是一份关于这本书作者学术生涯的详细评价。是谁将剪报夹在了这本书里？有太多关于书和阅读的谜……它的旁边居然是纳博科夫的《说吧，记忆》。这本自传一开始就告诉我们，我们的存在不过是两次永恒的黑暗之间一道短暂的光线。与出生之前所处的黑暗相比，我们更惧怕生活将我们引向的黑暗。

我还想继续辨认下去，一个很诱人的声音打断了我。那是房间主人的声音。“你为什么不看看我呢？”她动情地问。

我回过头去的时候，她正好将转椅转过来。她裸露的身体完全展现在我的面前。那是一道强烈的闪电。我刚才嗅到的欲望的气味被点燃了。“我还以为这是从书里面发出来的声音呢。”我故意用平淡的口气说，想克制住自己激情的膨胀。说完，我转过身去。我以为欲望的烈焰会在知识的海洋之中自动熄灭。

“不，你应该看着我。”房间的主人说。

她诱惑的声音又让我转过身来。我故意用冷漠的表情面对着她。我开始用挑剔的目光审视她有点单薄的身体。我好像听到了自己挑剔的评价：她虽然有很显眼的乳头，却没有丰满的乳房。在她的左肩下方有一颗大得已经失去了魅力的黑痣。她的身体上几乎找不到饱满的线条。灯光又进一步破坏了她皮肤的质感。我想用挑剔来抵制欲望的冲击。这是最后的机会。

房间的主人注视着我的注视。她完全没有被我的挑剔击退。她显然已经探测到了我身体和灵魂深处的骚动。她从我冷酷的目光里看出了欲望的光泽。突然，她放声大笑起来。她笑出了眼泪。她的笑声令整个房间都颤动起来，令我颤动起来。

我冲过去，双膝跪在地上。我将头紧贴她的身体。我开始亲吻她的小腹。在我的嘴唇刚刚接触到她的一刹那，她的身体剧烈地抽动了一下。这抽动好像是提升欲望能级的磁场。越过两个身体之间狭窄的缝隙，时间获得了一种新的形式。

我用不同的力度亲吻她的小腹。我不想再受理智的滋扰。我想让自己在这亲吻之中窒息。但是，房间的主人并没有让我窒息过去。她用力捧起我的脸，用充满诱惑的声音说："我们到床上去。"

我将她抱到了床上。我的身体碰到了码放在床上的那些书。我还没有来得及调整好自己的姿势，我们的位置关系就发生了变化。房间的主人巧妙地翻转到我的身上，充满激情地在我的胸部摩擦她的脸颊和嘴唇。这种摩擦没有明显的节奏，但是有很强的力度。它的力量好像不是来自她的激情，而是来自我的欲望。我知道我的身体已经强硬无比，我知道我的身体已经不再属于我自己。她的呼吸和呼唤都证实了这一点。“我要吞下你的强悍。”她气喘吁吁地说。

她吞下了我的强悍。她诱人的尖叫声让我更加强悍。那样的尖叫声不可能单纯来自那样单薄的身体。它来自我们欲望的纠缠和身体的碰撞。“我这是在知识的海洋里遨游。”我得意地说。她好像没有时间理睬我的玩笑。她稍稍停顿一下，然后继续她诱人的尖叫。“我这才知道了什么叫‘知识就是力量’。”我继续得意地说。

房间的主人轻轻松开了她的手。“你能不开玩笑了吗？”她接着说，“你这样会妨碍我对快感的专注。”

“这不是玩笑。这是骄傲。”我说。接着，我抓紧她的手，示意她继续抱紧我，将我抱得更紧。“需不需要换一种姿势？”我接着问。

“现在我是你的奴隶，”她温顺地说，“一切都由奴隶主来决定。”

可是，我已经无法也不需要改变姿势了，因为她已经接近兴奋的极点。我只需要利用现有的优势就可以将她推上巅峰，将她的极点锁定。

那风光无限的巅峰真是让我领略了知识的力量……我不知道我们的身体是怎样分开的。在我们的身体分开之后，房间的主人很严肃地坐了起来。她的双手合抱着隆起的双腿，头轻轻地靠在膝盖上。她问我想不想知道她的感觉。我抚弄着她的脚趾，说当然想知道。

“我觉得自己是一个征服者，”房间的主人激动地说，“而且是最伟大的征服者。”

我不是太理解她身份的逆转，刚才她还是“奴隶”，现在就成了“征服者”。

“我征服了时间，”房间的主人继续说，“第一次有这样的感觉。”

现在我懂了：我们的身体之间有二十年的差距，可是这种差距并没有隔绝我们的欲望，并没有成为我们登峰造极的障碍。

“我将永远感激这个夜晚，感激你，”房间的主人说，“你给了我新的生命。”

这感激没有冲淡我突然感到的一种迷惘。时间是无法征服的。我这样想，但没有这样说。

“到了我这种年纪，你肯定也会有‘再生’的渴望。”房间的主人说。

我的人生就是从这堆满书的房间或者说从它博学的主人开始的。可是在那个激情的夜晚之后，我没有再走进过那房间，也没有再见过房间的主人。我想念那些熟悉的书。我想念那张凌乱的床……我甚至想念那诱人的尖叫以及那欲望的气味。可是，我没有再走进过它。我觉得我一定是因为恐惧什么才没有再走进它。我恐惧什么？

……

……的房间

没有家具的房间

这没有家具的房间里其实有一件非常显眼的家具：一张宽大舒适的床。我躺在深绿色的床单上睡着了。房间的空旷和宁静令我做梦。我梦见了一座没有街道的城市。那座城市由无数相通的房间联结而成。一个人总是有可能从一个房间经过一条不重复的通道抵达另一个房间。一个人一旦进入了这网状的城市就永远不能再离开。我梦见我在这座城市里行走。我很快发现我能够达到的最远的地方就是我的出发点，我的“原处”。所有的房间都是一样的大小，都没有家具。房间与房间之间靠照片互相区别：每个房间里都挂着一张不同的照片——这个世纪最引人注目的那些女性的照片。这些女性之中，时间上距离我最近的是戴安娜和莱温斯基。因为这些照片，在这座城市里行走就好像是在这个世纪的一种特殊的历史中行走。我在这座迷宫一样的城市里行走……可是，还没有达到能够达到的最远地方，我的行走就被打断了。一只温情的手将我推醒。“你又说梦话了，”我的妻子问，“你做了什么梦？”

“我梦见了一座城市。”

“一座城市？”

“一座城市。”

“可是你在喊人。”

“谁？”

“很多人，都是女人。”

“有你吗？”

“如果有，我就不会推醒你了。”

“如果不推醒我，你肯定会听到你的名字的。”

"你也想要我做梦吗？！"

我有很多话想说：关于感情，关于厮守，关于欲望，关于未来……可是，我不想再说下去了。已经十年了，我们在一起的生活已经十年了。这种生活可以简化为一张床，或者说可以简化为这张床。这张宽大舒适的床。我将这房间称为是"没有家具的房间"其实就是为了要突出这张床。床单从来都由我妻子选择。而床单的颜色是选择的焦点。她有一天很神秘地告诉我，她是根据自己的欲望来选择床单的颜色的。她说床单的颜色就代表着她自己欲望的颜色。我从来不知道欲望还有颜色。而更让我费解的是，我们床单的颜色正好可以用来标识我们婚姻生活的不同阶段，就像毕加索的一生可以用不同的颜色来概括一样。

她最初选择的是一块白色的床单。我们躺在床上就如同躺在云上。我们好像拥有天空的宽广。嫉妒离我们很远，孤独离我们很远……我们对床的理解与生命中任何痛苦或者敏感的角落都没有瓜葛。我们的记忆也像床单一样纯净整洁。当然，我们对身体和激情也没有认识。我们的身体只是通过突如其来的需要（难道这就是她说的欲望？）联在一起。我们往往手忙脚乱，经常半途而废。我们的联结从来没有快感的巅峰，也没有幽默感的点缀。我们以为这就是生活。我们不会感觉孤独。

后来，我们躺在一块黄色的床单上。那如同金秋的大地。这大地任我们翻转，任我们起伏，任我们伸延。这时候，我们开始尝到了寻找欢乐的乐趣。我们开始在意身体的强度和耐力。我们用登峰造极的快感来向时间挑战……总之，我们在床单上留下了欲望的记录。神奇的是，对“满足”的见识让我们开始遭受不满的折磨。也就是在这个阶段，床成为复杂的暗示，它有时候会指向别处，指向我们的想象，指向想象中的另一张床。我们变得极度敏感。生活中的任何一点迟疑和停顿都会引起我们的警觉。我们会沿着想象的暗道，进入对我们自己充满敌意的时间和地点……又一个来历不明的折痕，又一阵来历不明的严肃，又一句来历不明的评价……我们会计较“满足”中的任何一点缺损。我们什么都会计较。

后来，我们换上了一块深红色的床单。这时候，我们进一步探明了生命的奥妙。而孤独的感觉突然也变得如此张狂。它不仅在我们的床上，它还附着在我们的时间上。我们不知道是这孤独感让我们懂得了生命的奥妙，还是因为懂得了生命的奥妙，我们才遭受着孤独感的折磨。我们开始求助于端详和被端详。我们开始沉醉于端详和被端详。我贪婪地端详着流畅的头发、清晰的鼻梁、柔顺的嘴唇、光滑的肩膀、热烈的胸部以及越过腰部的线条。接着，我的端详会在摊开的大腿上停留一会儿，然后，再缓慢地移向双腿结合的地方。那里是令我心醉神迷的花园。我痴迷地端详着花园的门户，直到欲望的甘泉突然浸湿了我的目光。

现在，我们换上了这深绿色的床单。这时候，我们对什么都变得无所谓了。我们开始调侃我们自己，从我们的相处一直到我们的身体。敏感已经成为时间的牺牲品。轻松又猥亵的幽默解构了欲望的尊严。我们甚至开始谈论我们的分离，因为端详已经无济于事了，因为紧跟在孤独感之后徘徊在床单上的是无聊的感觉。那一天，我问我的妻子，在我们分开之后，她会怎样生活。其实我有点恐惧她的回答。所有我能够想象到的回答都是对我的伤害，因为……因为我知道，我根本就无法容忍她的离开。

而我妻子的回答是我没有想到的。她说，如果我离开了她，她就会离开我。她的语气很平静，她的回答很干脆，就好像她说出的是一个深思熟虑的结果。

“这是什么意思呢？”我不是很相信自己的理解。

“我会去死的。”我妻子说。

我极为恐惧自己理解的正确。“为什么？”我问。

“我会的，我会的，”我妻子说，“我会去死的。”

“为什么？”我问。我不知道她为什么要用这样的回答来伤害我。

……

……的房间

没有光的房间

我开始并不知道这从来都是没有光的房间，尽管我走进去的时候，里面是一片黑暗。房间的主人拉着我的手，将我领到一张椅子旁，“你可以坐下来了。”她说。黑暗中的声音显得特别沉闷。

我坐下来了。那只牵着我的手慢慢松开。我想抓住它，但是没有抓住。“喂，你还在吗？”我紧张地问。

没有人回答。

“你还在这里吗？”我继续问。

还是没有人回答。

“这是什么地方？”我接着问，“我什么也看不到啊。”

还是没有人回答。

我站起来。我想顺着刚才的记忆，找到门的位置。

这时候，黑暗中荡起了一阵抽泣声。

怎么回事？我对着声音传来的方向问：“这是怎么回事？”

仍然没有人回答。

我沿着抽泣声慢慢移动脚步。我碰到了什么。我蹲下去，摸到了一只脚，接着又摸到了另一只脚。“是你吗？”我问。

还是没有回答。

我顺着小腿摸到了弯曲的膝盖。我马上意识到抽泣者正坐在什么地方。我将手伸过去，很快就摸到了一张床。我站起来一点，也坐到了床的边沿上，并且轻轻地靠着抽泣者的身体。“你这是怎么啦？”我问。

“我想家了。”抽泣者说。

“为什么会突然想家了呢？”我又问，“是因为我吗？”

“与你有什么关系？！”抽泣者有点粗暴地说。

我觉得我不应该多问。可是，抽泣仍在继续，在黑暗中继续……怎么才能够制止住这似乎是不会结束的忧伤呢？我不得不再问一次。“那么，”我问，“是因为这黑暗吗？”

“我已经习惯它了，”抽泣者冷冷地说，“这房间里没有灯。”

“你不喜欢灯光吗？”我吃惊地问。

“连阳光也没有，”抽泣者说，“因为这里也没有窗户。”

我的身体颤抖了一下。我从来没有见到过不喜欢光的人。我从来没有走进过没有光的房间。因为在任何时间里都没有光亮，我永远也不可能知道这房间的形状和室内的布置。我感到自己现在已经与时间绝缘了。我只能通过语言和触摸来把握生命的“进度”，来标识自己的“活着”。“这是什么地方呢？”我急切地问。我希望自己至少能够有一点点方位的概念。“这是我的家。”抽泣者回答说。

对我来说，“家”是没有方位的概念。抽泣者的回答不能消除我的疑惑。“你刚才说你想家，”我问，“你想的就是这里吗？”

抽泣突然停止了。“你在嘲笑我。”抽泣者轻松下来。

我突然意识到她的声音非常迷人。

谁嘲笑你呢！我心想，我在嘲笑我自己。我为什么会走近一个陌生人，跟她说话，又跟着她走进了这没有光的房间？我在嘲笑我自己。有很长一段时间了，我一直有一种原始的冲动：我想去尝试亲密之外的接触。我想理解陌生与亲密到底可以有多么大的重叠。我想知道我的渴望之中，哪些是可以满足的，哪些是不可以满足的。总之，我想了解边界：关系的边界，时间的边界，亲密的边界，距离的边界，身体的边界……我因此才走进了这没有光的房间。一开始，我并没有怎么去注意这陌生人的长相、举止和气味。我以为接踵而至的是一个漫长的夜晚。我以为我有足够的时间借着或明或暗的灯光去端详去品尝。我没有想到她会将我带进这样沉重的黑暗。现在，我们的周围只有黑暗。她消失在这黑暗之中，我消失在这黑暗之中，所有的边界都消失在这黑暗之中。这沉重的黑暗甚至使我的嗅觉也失去了它本能的敏感。只有语言和触摸在呵护着我的感觉。我有不安的预感。我预感等待着我的是虚无，如黑暗一样深不可测的虚无，因为我无法辨认“经过”的痕迹。我在笑话我自己呢！这没有光的房间埋葬了我原始的冲动。

抽泣者也许已经注意到了这一点，因为在她停止抽泣之后，我的身体已经没有再紧靠着她的身体。她将手放到我的大腿上。

“你为什么不碰我？”她说。

“你还是一个孩子。”我回答。刚才在走近这没有光的房间的时候，她告诉过我她的年纪。我痛苦地颤抖了一下：我们年龄的差距对我是一个隐喻。

“我从来都不是一个孩子。”

“这是什么意思？”

“我没有童年，没有家……我什么都没有。”

抽泣者的回答让我更加虚弱。所有的这些“没有”就是她拒绝阳光和灯光的原因吗？“我比你大了整整二十岁呢！”我说。

抽泣者挖苦地笑了一下。“比我大五十岁的人都想碰我。”她说。

“我不想。”我说。

“为什么？”

“我——我不能。”

“为什么？”

“因为……”我犹豫了一下，还是不想说出我的理由。

“那你为什么要走近我？”抽泣者不满地说。

“开始我的确想，”我说，“可走进这房间之后……”

“你不习惯这黑暗？！”抽泣者说，“你害怕？！”

我不想告诉她黑暗其实只是部分的原因，让我恐惧的还有我们年龄的差距。我不可能向她提起那间堆满书的房间以及那种“再生”的渴望。

“可是我习惯了这黑暗，”抽泣者说，“而且我需要这黑暗。”

抽泣者饱含诗意的说法让我有点费解。“为什么会‘需要’？”我问。

“它让我看不见人的嘴脸，你知道吗？”抽泣者说，“我讨厌人的嘴脸。”

我还能再说什么呢？！我站起来，肯定地说：“把我带到门口去吧。”

走出这没有光的房间的时候，我回头看了抽泣者一眼。“谢谢你告诉我你为什么会想家。”我说。

室外微弱的光亮投射在抽泣者表情严肃的脸上。“我告诉你了吗？！”她冷冷地说，好像有点迷惑不解。

……

……的房间

浓缩着历史的房间

一开始，我并没有将这房间想象成是一间浓缩着历史的房间。我走近它。我穿过想象为欲望布置的各种各样的场景……可是，一走进这房间，我马上就进入了另外的时间：欲望隐退了，而历史却凸显出来。我注意到书架上那唯一一排中文书几乎全是历史书，其中甚至有两种是我从来没有听说过的偏远县镇的“地方志”。很快，我就知道了：她是为了告别才邀请我走进这浓缩着历史的房间的。我可以在这房间里停留大约两个小时。

这房间此刻显得很零乱：床铺上，书桌上，沙发上都堆满了东西。床铺旁边有两口敞开的皮箱。皮箱里面也很零乱。她已经在这个城市里生活了三年。一星期以后，她将回到家乡伯明翰去。

她将沙发上的一些东西转移到床铺上，为我们两人腾出了一块能够坐下的地方。我们坐下了。我们从来没有在这么近的距离里坐下来过。我们之间几乎没有距离。我们的膝盖不小心就会轻轻碰在一起。我能够感觉到她的呼吸。我相信她也能够感觉到我：我的呼吸甚至我的不安。我借助意志的支撑才敢正视她的目光。而她身上淡淡的香水气味很快就摧垮了我的意志。我尴尬地低下了头。我知道，我的感觉突然变得非常敏锐。我要用这敏锐在两个小时之内记忆下这房间的全部魅力，包括它最神秘的气息。在我看来，每一个房间都有它最神秘的气息，也就是它特殊的魅力。那是每一个房间里最柔软的地方。那里也许最明亮，那里也许最黑暗……但是，那一定是最柔软的地方。那种柔软有时候会超出视觉甚至触觉的感知范围，固执地等待着心灵的发现，细腻和脆弱的发现。那种柔软生根在记忆的最深处，时间的浇灌将使它更加柔软……我想知道这房间最神秘的气息与我们的相遇有什么关系。第一次，我们在博物馆的展厅相遇。我们之间隔着一副水晶棺罩，那里面躺着一具汉代的女尸。目光越过这历史的遗迹将我们连接在一起。然后，我们一起穿过了另外几间展厅，从这个文明古国的过去一直走到了它的现在。她对这个国家的了解令我吃惊。她了解它的过去，甚至我自己一点都不了解的那些过去。她甚至还了解这个国家对它自己过去的误解。这是我的祖国啊！她关于我的祖国的知识对我既是一种侮辱又是一种无法抵抗的诱惑。它引诱我走近她，走近她……这是走近未来，还是走近过去？

我尴尬地低下了头。我等待着她的声音或者说她的反应。我等待着这房间最神秘的气息。她终于说话了。她说她读到了我的信。她说我对她的赞扬令她感动。还有我对她的欲望呢？！我急不可耐地想，她为什么要避开那封信最重要的内容？我的欲望在信中表达得非常清楚。我说我希望我们的相处不会因为距离而中断，不管是地理上的距离：欧洲和亚洲；还是文化上的距离：西方和东方；或者信仰上的距离：她恪守的教义和我沉醉的生活……我希望所有这些距离都不会阻碍我们的相处。她没有回避我引起的话题。她接着说，我们不可能有更深的交流。她说她的心灵是一个坚固的堡垒，它所要“抵制”的正好是这个她极为熟悉的国家。她说我们有过的交流将随着她的离开而中断，我们不可能有更深的交流。她说历史已经刻画了她与这个国家关系的边界。她说我们其实早已经越过了这个边界。她伸出手来，用弯曲的右手的食指擦去我的眼泪。我没有想到我以为自己拥有的优势其实正好就是劣势。绝望的感觉窒息了我。我绝望地抓住她的手，将它轻轻地压在我的嘴唇之下。她容忍了我的再次“越界”，没有马上将手抽开。可是，当我想将她整个的身体拉近我的时候，她用另一只手挡住了我。“不，不要做。”她微微后仰着身体，用口音很重的汉语说。

在这五个月的交往过程中，她跟我讲过很多故事。她所有的故事都是用汉语讲述的。只是在实在找不到合适的汉语词汇的时候，她才会用英语辅助一下。我原来一直以为，她这是为我做出的选择。直到走进了这房间，直到她让我知道了她的“抵制”，我才意识到她对语言的选择完全是出于她自身的需要。她需要非母语的表达，她需要表达的障碍。选择用汉语讲述历史是她的一种姿态，是她对那种历史的“抵制”。

我努力记下了她讲述的一切。它们是我这五个月以来日记的主要内容。她的讲述按时间的顺序进行。最开始，她讲到十九世纪最后那几年中的一些事情。一批英国人在那个南部偏远省份的西部地区传教。他们建立了四十多处教堂，发展了大批教徒。可是在一八九五年六月的一天，当地一个信奉素食的组织纠集一百多暴民攻击了传教士们建造在深山里的度假村。他们高举火把冲进那几间平房，用菜刀砍死了那个试图反抗的男教士和两个女教士，然后点火烧死了正在熟睡的六个孩子和看护他们的那两个女教士。唯一幸存的女教士后来为这一事件写下了一段证词，其中描述了她目睹五个暴民同时用菜刀砍杀一个女教士的情形。

她后来又讲到发生在一九二五年的一些事情。她讲到在那个中部省份里的一个小镇上，那座有三十年历史的教会医院在教会内部现代主义运动的推动下获得了很大的发展。原教旨主义已经渐渐失去了活力，“社会福音”成了上帝新的表达方式。那所医院的院长是一位国际知名的肾病专家。他在那里平静地工作了六年。他灵敏地适应着思潮的变革。他的工作得到了教会和当地社会的赞扬。可是，政治的风云突变，几个月以来频繁的示威干扰了他的工作，也令他的精神忧郁。示威者高喊着反对帝国主义的口号，要求一切西方人都滚出中国。在一个深秋的下午，一场小规模的示威突然演变成了对医院的进攻。对这样的发展，院长其实早有预感。他在夏天已经将妻子和儿女送回伦敦去了。他自己也计划在冬天之前离开。他没有来得及离开。冲进医院的示威者怒不可遏。他们将他从手术室里拖了出来，将他拖到大门口的土坪上。院长乞求示威者让他完成正在进行的手术，否则手术台上的那位妇女会痛苦难当。他的乞求更加激发了群众的义愤。他们对他大声呼喊口号。他们要求一切帝国主义者立即从中国滚出去。院长辩解说他自己不是帝国主义者。他在中国所做的只是传教和行医这两件善事。在那个指挥者的示意下，愤怒的人群突然安静了下来。院长认识那个指挥者。他曾经为他做过切除阑尾的手术，根治了困扰他多年的阑尾炎。指挥者将手里的长棍架在院长的右肩上，他要他向全体群众交代他以传教的名义欺骗过多少中国妇女，又用行医的名义侮辱过多少中国妇女。院长当然拒绝交代。这时候，愤怒的指挥者突然面向着群众说："他不是帝国主义者，还有谁是？"他的愤怒又一次激起了群众的愤怒。接着，指挥者又高叫着说："我们的那位同胞姐妹宁愿死在手术台上，也不愿继续遭受一个帝国主义者的侮辱。"他还没有说完，愤怒的群众就围了上来。他们用乱棍将院长打死之后，又拖住他的尸体在小镇上继续示威。

她后来又跟我讲起了一件发生在一九三七年初的事

情：一个年轻人的英国人受教会的委托重新开办了那家著名的医院。他充满敬意地将死于示威活动中的院长的画像悬挂在正对着医院大门的墙上。可是没过多久，日本军队就占领了医院所在的地区。他们不断骚扰医院的工作，最后终于在一九四三年初将年轻的院长投进了监狱。他们指控他暗地里给中国军队提供服务，认定他犯下了“间谍罪”。年轻的院长在两年之后重获自由，并且继续主持医院的工作。但是五年之后，共产党统一大陆不久，他又再次被当成是西方间谍，被关进了监狱。他六年之后才重获自由，回到了他的家乡。

五个月以来，我一直在记录着她讲述的故事。“你给我带来了一个全新的世界。”我曾经这样对她说。现在，走进了这浓缩着历史的房间，我仍然想这样说。我绝望地看着她。她从容地对我微笑。她对我的欲望的抵制让我伤心。但是不管怎样，我还是无法抗拒对她更深的好奇。我好奇地问她那所有的故事之间会不会有什么联系。如果有的话，我相信，那就是这浓缩着历史的房间里最神秘的气息。她严肃的目光让我终生难忘。她说与中国的关系是她的家族的基因，或者应该说是一种“基因的变异”，一种

“遗传病”。她的这种说法突然就让我完全理解了那些故事之间的逻辑以及她对我的祖国的态度。她的解释与我的理解相吻合。她解释说，她曾祖父被杀的那一年，她十岁的祖父因正好被送回伦敦治病，幸免于难。而她祖父的两个弟弟和一个姐姐都成了“度假村”事件的受难者。二十四年后，她已经是知名肾病专家的祖父又来到了中国。他在那个中部的省份行医十年，建立了很高的威望。而当示威者拖着她祖父的尸体在小镇上示威之后的第十一年，她的父亲又在同一个地方将医院重新开办了起来。她说她家族的历史与中国的历史紧密相连，甚至可以说她家族的历史就是中国历史的一部分。她说，对她的家族来说，中国是一种毒品，“它令我们上瘾。”她深情地说。她的家族知道这毒品的危害，却无法割舍对它的沉迷。但是，她的家族成功地抵制了中国人对他们基因的“再次入侵”。“也许我们变异的基因里幸存着的一种免疫力。”她骄傲地说。她的家族一百年来成功地渡过了那几次“再次入侵”的挑战。这是他们引以为自豪的“家业”。她最后将我的信还给我。她说她不是以她个人的名义拒绝我。她说她代表的是她那个基因变异的家族。

在这浓缩着历史的房间里，现实中的两个小时已经具备了永恒的分量，因为它已经让我嗅到了历史最神秘的气息。

……

……的房间

充满音乐的房间

这房间能够满足我的不同需要：有时候，我来这里寻找刺激；有时候，我是因为遭受了太多的刺激而来这里寻找安慰；有时候，我来这里仅仅是为了让她高兴（当然，这也是我的一种需要）；有时候，我来这里仅仅是因为我不想待在任何其他的地方。

我一直没有这房间的钥匙。我想让我的每一次到来都像是一次“来访”。对一个来访者来说，即将走进的房间总好像隐藏着特别的激情或者秘密，他的每一次进入都好像是一次历险。当然，对于像我这种过于频繁的“来访”者，并不是每一次“来访”都会巧遇值得回味的悬念。

因为没有这房间的钥匙，每一次我都需要按下门铃，然后等待。在等待的那一段时间里，我总是会去想象房门打开的一刹那她将带给我什么样的惊喜：也许她刚刚穿上那件天蓝色的睡衣……也许她依然披着那件粉红色的浴巾……也许她的脸上布满了泪水……也许她会责备我的早到或者迟到……也许她手里捧着我最喜欢吃的蛋糕……唯一不需要我想象的是，每一次打开房间，音乐总是迎面而来。也就是说，她带给我的惊喜总是与音乐融化在一起，就好像其中的一段旋律。

这是充满音乐的房间。我们在这里的生活就好像是与音乐对话的另一个声部。我们在这里倾听我们的亲近我们的和谐我们的喜悦……在入睡之前，她会将音乐关得很小，但不会将它完全关掉。这样，我们的梦也能够有音乐的参与。在这充满音乐的房间里，音乐不仅是我们的伴侣，也是一个公开的窥探者。它窥探我们的身体，甚至窥探我们的意识。它甚至还会像“第三者”一样，嫉妒我们美不胜收的结合，或者骚扰我们意犹未尽的快感。白天的时候，这种嫉妒和骚扰一定会受到处罚。她会对“第三者”皱皱眉头，然后迅速换上一段与我们的激情相应的音乐。而一旦进入睡梦之中，就什么也都影响不到我们了。在睡梦之中，我们总是面对着面，我们的呼吸总是相互渗透，我总是将左手轻轻地放在她右侧的乳房上。这安详的姿势如同生命之中的默契，令我们像天使一样地安睡。

正是这种默契让我们不满足于同居的亲密。我们也许应该有一个家。我们也许还应该有一个孩子。我们想象所有这些，包括我们的新房。“那肯定还是充满音乐的房间。”她肯定地说。我亲吻了一下她的肩膀。我说：“肯定是的。”但是，我没有想到这时候她会突然用双肘撑起身体，很严肃地看着我。“结婚以后，你会不会需要新房的钥匙呢？”她问。她的问题让我非常恐惧：我不敢说不要，又不想说要。“每一次进入都应该像是一次历险。”我嘟囔着说。“你这是什么意思？”她说，“你没有回答我的问题。”

关于“家”的讨论是这充满音乐的房间里出现的唯一不和谐的声音。它暴露了我们内心世界里的一种对立，与恐惧相关的对立。我们都有恐惧，但我恐惧的是过去，而她恐惧的却是未来。我们都将“家”当成是一个机会：我想成家之后，我们就可以一起离开这座城市，摆脱充满困惑的过去；而她相信成家会让我们永远安居在这座城市，不需要再经受未来不安的颠簸了。

这种对立令我们隔膜得如地球的两极，同样寒冷又同样寂寞的两极。我们都痛苦不堪。我们经常在深夜里被寒冷和寂寞惊醒。我们的睡眠开始出现严重的问题。有一天深夜，我惊醒之后，发现她也已经醒了。她用绝望的目光盯着我。“不能再继续那种讨论了。”我对她说。

她压住我轻轻放在她乳房上的手。“原谅我，”她说，“我不想失去你。我觉得只有在我们自己的城市里我才有能力留住你。”

她对失去我的恐惧让我亢奋起来。我慌乱地打开我们的台灯。我想看见她。我想看见她的身体。我想看见她的灵魂。我想看见她的恐惧。我没有想到这时候她会突然贴着我的耳边说：“把音乐关掉。”她的呼吸已经变得非常急促。“为什么？”我好奇地问。她没有回答，而是充满激情地脱去了她的睡衣。我背过手去关掉了音乐，我的眼睛却没有离开她。我贪婪地盯着她粉红的乳晕，那上面已经布满了突起的颗粒。我俯下身去，将整个乳晕都含在嘴里。我用舌尖弹动着她的乳头。我欣赏着她身体欢快的颤抖。像往常一样，她没有发出任何声音。她自始至终都没有发出任何声音。她用沉默呼应我在她身体深处的冲撞。

这是激情的沉默。这是沉默的激情。对我来说，这沉默和激情就是这座城市最明显的“地标”。这时候，这充满音乐的房间里一片寂静，只有时间在嫉妒地打量着我们。我突然知道她为什么要我关掉音乐了：她在我们这史无前例的激情中更贪婪于我的视觉而不是我的听觉。是的，我已经看见了从头开始的一切。是的，我看见她的面部已经出现了极度痛苦的表情，好像她整个生命都即将崩溃。我知道，这就是激情的巅峰呈现出的奇观，瞬息即逝的奇观。“你不会失去我，”我贴在她的耳边说，“永远也不会。”

……

……的房间

……

我们每个人的记忆中都有一座神秘莫测的城市。当我们远离了那座城市之后，我们对生命的看法肯定会发生巨大的变化。也许我们依然陶醉于激情带给自己的满足或者伤害……也许我们对岁月的流逝已经变得无动于衷……也许欲望正在引诱我们重返我们的城市……那座城市很可能是我们记忆之中最后的防线。

经过漫长的生活，我们知道，坚守住这最后防线的希望已经十分渺茫。我们怎么办？是应该选择放弃，还是选择固守？是更应该依赖理性，还是更应该依赖信仰？

事实上，无论放弃还是固守，都只是死亡的一个注脚。事实上，在经历过那些流动的房间之后，我们就无法选择也不需要选择了。这也许就是那座神秘莫测的城市对于我们的意义……这神秘莫测的意义。

“你肯定听不懂的故事”

“你这是怎么了？你好像还是不想出门，就跟昨天一样。我说好了要带你到山顶的树林里去玩的。那是你最喜欢去的地方啊。告诉我，你这是怎么了？你的表情就跟昨天一样。你想让我接着讲那个故事吗？我不想再讲了。我昨天就不应该讲那么多。那是你肯定听不懂的故事，我一开始就警告过你。可是我为什么还要跟你讲啊？我自己也不知道是为什么。昨天讲的那些其实还不是最难懂的部分。你还记得吗？你一定还记得。是的，我是从我们的相遇讲起的。那是一个星期六的中午，在市中心最大的商场从二层到三层的扶梯上。我上行，她下行。突然，我注意到了她，她也注意到了我。我们的目光像电极相反的闪电缠在一起。就一秒钟。一秒钟就够了。一秒钟就足够了。那是需要我用一生来回报的一秒钟。

“我成了她的俘虏。我第一次成了别人的俘虏。整个过程只持续了一秒钟。一秒钟就足够了。那是真正的‘闪电战’。她长得一点都不漂亮，但是她的目光里透出一种特别的气质。我至今不知道应该怎样来定义那种气质。也许可以说是一种柔弱的冷漠？在那之前，我一直觉得人的冷漠是世界上最强硬的质体，可是她的冷漠柔弱得令我着迷。她好像不属于这个世界。她好像是一个梦或者一个谜。这个谜闪电式地迷住了我，完全迷住了我。我不知道我为什么会引起她的注意。也许就是我对她的注意引起了她的注意。总之，那是互动的一秒钟，交融的一秒钟。它改变了我们的生活。或者说，它成了我们的生活。我回头跟踪着她的背影。我清楚地意识到，那互动和交融的一秒钟永远也不会与我们的生活分离了。她没有回头。但是，她将脸侧向了一边，将背影升级为了侧影。我知道，她想用余光继续刚才的互动和交融。

“你想起来了吗？我讲到她在人群中的消失并没有令我失落。因为我有很强的预感，我预感我们的相遇并没有结束。你想起来了吗？我的预感很快就被证实了。那一天的傍晚，我走进住处附近的那家快餐厅，我的目光不知为什么直接就投向了最角落里的那张桌子。她坐在那里，柔弱又冷漠。她显然已经吃完了。她好像在等人。她好像在等我。她特别的气质完全改变了快餐店的气味和气氛。那如此平庸的地方好像突然变成了令人心惊肉跳的情场。更准确地说，它是突然变成了惊心动魄的战场。我站在入口旁迟疑了一下。突然，我有重新穿上了军装的感觉。一场新的战争即将开始了。这是不可思议的战争：因为我射向‘敌人’的将不是子弹而是词语。因为我的词语必须命中却不仅不能致命，甚至都不能致伤。我的目标仍然可以说是‘占领’，但不是占领我的‘敌人’占领的土地，而是占领我的‘敌人’。这是更需要讲究战略和战术的战争。

“你应该还记得接下来发生的一切吧。我没有走向柜台，而是直接走上了‘前线’。我在她的对面坐下。她稍稍有点脸红，却并没有表示反感。我提起我们中午在市中心那家商场扶梯上的相遇。她做出吃惊的样子，说她不记得了。我说‘做’出而不是‘显’出是因为我肯定她这是在撒谎。这谎言远比她的实话说明问题。它向我展示的是机会。我抓住了这关键的战机，与她交谈起来。为了诱敌深入，我必须首先暴露自己。我告诉她我就住在附近，这家快餐厅就像是我的食堂。而她说她是第一次从这一带路过，当然也是第一次进来我的食堂。接着，我又谈起了我的工作和爱好，我相信这两者都有利缩短我们之间的距离。我的战术非常成功。她很快就自我暴露了。她说她在图书馆的采编室工作。工作没有什么意思，却很安稳。她说她喜欢安稳的生活。我们的交谈直到最后才出现障碍。在她突然起身准备离开的时候，我匆匆忙忙在一块餐巾纸上写下了我的电话号码。这当然不是我的目的。我的目的是想她也做出同样的动作。两个素不相识的人同一天在两个不同地方相遇的机会很小，我说。我说这是‘缘分’。我没想到这个词火力过猛。她受惊了。她看上去好像连我的电话号码都不想要。在这关键的时刻，扔在旁边桌面上的那张报纸为我解了围。我借用头条的标题，说电话号码有利于‘可持续发展’。她的反应说明她欣赏我的幽默。

“这些都是我昨天跟你讲过的。你还记得吧，我现在还清楚地记得那个电话号码。在她离开快餐厅50分钟之后，我用它发起了第一次强攻。接通信号响了很久，她才接起电话。我告诉她中午在商场的扶梯上与她擦肩而过的时候，我就已经被她‘俘虏’了。她没有放下电话，也没有开口说话。我用同样猛烈的火力发起了第二次强攻。她还是没有说话，也没有放下电话。在拨打电话之前，我反复设想过她对我这第一次电话的反应，同时我又反复设计过自己对她的各种可能反应的反应。我设想过刚听到我的表白，她就立刻挂断了电话。我会将这种反应当成是进展，而不是终结。我会再拨通那个号码，不停地拨，只到她终于接起，并且开口说话；我也设想过还没有等我表白完毕，她就破口大骂，骂我无聊，骂我无耻。我同样会将这当成是进展。我会耐心地等她骂完，然后不停地表白，直到她变得心平气和；我还设想过她在听完我的表白之后，马上关心地规劝我不要有非分之想。这样的反应也会被我当成是进展。我会乘胜前进，直到她停止对我的关心和规劝……但是，她既不说话也不放下电话的反应出乎我的意料。这也可能就是她的‘特别’之处吧。这让我不知所措。我担心这就是终结。我慌张地放弃了正面强攻的战术。我必须迂回包抄，甚至以退为进。对不起，我说，我不应该这样冒昧地给她打电话，我不应该这样露骨地表达我对她的好感。我没有想到新的战术如此奏效：我的后退立刻招来她的进攻。是啊，她说，这样的冒昧绝对不利于‘可持续发展’。你听出来了吗？她这是在引用我五十分钟前从报纸标题上借用的话啊！这哪里是进攻，这分明是等待‘就擒’的姿态啊。我为自己的‘首战告捷’激动得彻夜难眠。

“你还记得吗？首战告捷之后，我进入了一场持久战：长达一百一十一个月的持久战。在这一段时间里，我谨小慎微，忍辱负重，随机应变。我明明不喜欢吃甜食，因为她喜欢吃，我就说我也喜欢吃，而且跟着大口大口地吃；我特别喜欢看NBA，因她不喜欢看，我就说我也不喜欢看，而且一场都不看。我为自己纯真的感情说了无数的假话谎话和疯话蠢话。她终于情窦渐开。从第一次强攻之后的第一百五十二天起，她不再拒绝我在马路上拉着她的手。而那之后的第七十九天，我想抱她的愿望终于得以实现。又过了四十一天，我在潮湿的夜色中抱着她的时候，她不再将脸埋在我的胸口，而是抬起来对着我。那种对视令我的全身瑟瑟发抖。我尝试着将嘴唇贴近她的嘴唇。她没有将我推开。那是我一生中的第一次亲吻。它让我全身都感到了激情的膨胀。就在那天晚上，我第一次梦见了我们的‘肉搏’。我曾经在前线经历过三次肉搏。那是真实的战争中最真实和最残酷的部分。那是‘你死我活’的二律背反。而出现在我梦中的肉搏就像是一场梦。我们好像是在空中翻转，因为我们身体的下面没有任何的支撑。可是我们却并没有悬空的感觉。我们的身体成了我们彼此依附的大地。大地随着我们一起旋转和升华。我们的‘肉搏’是充满辩证色彩的‘双赢’。

“你还记得吗？我昨天一直讲到了这里。我知道这是你肯定听不懂的故事，但还是不停地讲，一直讲到了这里，一直讲过了这里。我们的‘肉搏’在一阵放电般的痉挛中结束。那已经是凌晨两点五十分。我被惊醒了。我毫不犹豫地拨通了她的电话。我想正式向她求婚。我想天一亮我们就去登记。她几乎是立刻就接起了我的电话。我当然奇怪她为什么还没有睡。她的回答更让我感觉惊奇。她说她‘知道’我会来电话。她的感应让我感觉有点羞涩。难道她也梦见了我们刚才像光线和气流一样的翻转吗？她没有。她告诉我，她正在想那天在扶梯上的相遇。她说那最初的一秒钟是她离我最近的时刻，后来她就觉得我越来越远了。我不知道她为什么会有这样‘特别’的想法。我的想法不同。我也觉得那一秒钟我们就像是一个整体，而现在我们也是在不断地走近，在回到那个整体……我不知道她为什么会有那种幻灭的感觉。

“我们结婚吧！我恳求她说。她的沉默令我不知所措。我更没有想到，在沉默了那么长时间之后，她会用我几乎听不见的声音说‘不行’。我当然不会将这也看成是‘进展’。‘为什么？’我充满恐慌地问。她的回答一开始让我感到的并不是‘特别’，而是无聊。她说她是一个残疾人。我真不知道她为什么要开这样的玩笑。她说这不是玩笑。她说她不完美。我说没有人是完美的。她接着说没有人像她那样不完美。她说她是有缺陷的人。‘怎么我不知道？！’我有点不耐烦地说。她的回应很慢很冷漠。‘因为你不知道。’她说。她说这是真的，她说她有缺陷。我当然不可能相信她。但是，我想知道她为什么要这样说。我想知道她为什么不用一个讲得通的理由来拒绝我。

“我没有想到接踵而至的是她将近两个小时的讲述。‘这是你肯定听不懂的故事。’她说。这样的开始让我感觉乏味。接着出现的是一些毫无关联的人事和场景，最后她将我带进了她的家庭。这是她第一次主动向我提起她的家庭。她对她家庭的‘回避’曾经也被我当成是她的‘特别’之处。她的讲述躲躲闪闪，含糊其词。她好像是故意不让我听懂。而且她吐字的速度异常地快，显然是不想给我的反应留下任何空隙。她讲了差不多两个小时，一直讲到晨曦透进了我的窗帘。直到这时候，直到她突然挂断电话之前，所有那些听起来毫无关联的细节才突然关联在了一起。我至今也不相信最后从她烟雾缭绕的讲述里浮现出来的场面。但是，我听懂了……是的，那时她刚满十三岁。是的，那时她正在家里狭窄的卫生间里沐浴。是的，他闯了进来。是的，他闯了进去……是的，我听懂了这我至今也不相信的结局。

“我昨天一直讲到了这里。你应该还记得吧？这是你肯定听不懂的故事。我真的不想再讲下去了。我至今也不相信会有那样的事发生，更不相信会有那样的事发生在她的身上，或者说，发生在我的‘身上’。我听懂了又不相信，这种状态改变了整个战争的节奏和性质。我即将到手的俘虏逃走了。她突然挂断了电话。而我继续躺在床上，躺了几乎整整一天。我无法节制自己对那个结局的想象，我无法阻止那些毫无关联的人事和场景像带着身体污垢的洗澡水一样汇入那结局的阴沟。我无法忍受这濒死的折磨。我宁愿成为一名阵亡的士兵。

"是最初的那一秒钟救了我。在黄昏之中，那一秒钟的神奇感觉突然像回流的潮水再次浸没了我的心灵。我整整一天野蛮的想象被迅速击溃了。我开始接受她的'缺陷'，开始依赖她的'缺陷'。我开始觉得正是她的'缺陷'造就了她的'特别'。这生活对她的伤害突然让我更理解她，更亲近她。我发誓我要用一生来爱她回报她，这像在最初的那一秒钟那样。我怀着这崇高的爱拨通了她的电话。她没有接。我不停地拨，一直拨到了'第二天'。她还是没有接。这是自从我对她发起第一次强攻以来从没有发生过的事情。我突然有不祥的感觉。我'肯定听不懂的故事'会不会就是她留下的遗言？我迅速下了床。我必须将她从绝境中拉回来。就在我准备出门的时候，我的电话响了。我知道是她，尽管她没有说话。'我爱你！'我对着话筒说，'我们马上结婚吧。'不知道等了多长的时间，我才听到了她的反应。'你真的不在乎吗？'她用我几乎听不到的声音问。'不在乎什么？'我故意用问题来回答她的提问，显示出我的毫不在乎。一个星期之后，我们手拉着手走进了设在市中心那家商场顶层的婚姻登记处。

“我明明知道这是你肯定听不懂的故事，为什么还要接着讲呢？你看你这么使劲地摇着尾巴，你真的急着想知道接着发生的事情吗？她没有你这么着急。她那天没有与我一起过夜。她说要等到正式的结婚仪式之后。她说那是她的原则。

“我们正式的结婚仪式非常简单。她没有通知任何与她有血缘关系的人，我也没有通知我家里的任何人。我们只邀请了几位要好的朋友过来。在附近的一家川菜馆吃过饭之后，朋友们按照惯例到我们简朴的新房去‘闹’了一阵。但是不到十一点，他们就陆陆续续离开了。

“最后离开的是她最好的朋友。当她送她下楼的时候，我迫不及待地脱去了自己的外衣，迫不及待地将堆放在床上的礼物都移到了沙发上。我站在门边等她，我身体已经不能再等了。她刚推开门，我就迫不及待地将她抱了起来。我将她抱到床上，迅速剥去了她的衣服。总攻的时刻终于到了，我终于开始了最后的冲锋。转变成现实的‘肉搏’持续了四十七分钟。那是层次鲜明、完美无缺的四十七分钟。在高潮到来的时刻，她用颤抖的声音重复她的‘幸福’。那颤抖和重复带给了我极度的虚荣。一场旷日持久的战争终于结束了，接踵而至的应该是充满诗情画意的和平。

“我们情意绵绵地交谈了一阵之后，她坐了起来。她的双手合抱在胸前，遮掩着刚才一直紧贴着我的乳房。她说她想去冲洗一下。我在她走进卫生间之后，闭上了眼睛。我想好好回味一下刚才那登峰造极的虚荣。我没有想到刹那间黑暗竟突然从天而降：从卫生间里传出的水流声突然变得那样污浊又那样锋利。它刺破了我的内脏。我突然闻到了来自身体内部的一股血腥味：那是遗憾？那是恐惧？那是绝望？我马上就清楚了。那是对‘不’完美的遗憾、恐惧和绝望。那是对‘不再能’完美的遗憾、恐惧和绝望。那时她刚满十三岁，那还是充满童贞的沐浴……为什么它会变成诱惑？为什么它会诱惑那个‘最’不应该被诱惑的人？这生活中的黑暗将我带进了黑暗的生活。我的心中充满了遗憾和恐惧。我绝望地想，在标志着开始的那一秒钟之前二十年，一切就都已经结束了。我的身体因为这遗憾、恐惧和绝望而剧烈地疼痛起来。

“如果不是因为听到了那温情的喊声，这疼痛也许会慢慢平息。我也许还有可能重见光明。但是，我听到她温情的喊声。‘你不来冲一下吗？’她喊道，‘你出了那么多的汗。’这是她向我发出的最亲密的邀请。

“她的邀请将我剧烈的疼痛转化成了怒不可遏的岩浆。我粗暴地冲进卫生间，粗暴地将她抱起来，粗暴地闯进了她的身体。她对我的粗暴一点也没有感到陌生。她成了我真正的俘虏。她用彻底的驯服回报我的粗暴。她用完全的陶醉回报我的粗暴。在火山喷发之后，她捧着我的脸用惊叹的声音说：‘你怎么这么厉害？这么短的时间里，你又掀起了第二次高潮。比上次更好，你知道吗？比上次更好。’

“她的惊叹不仅没有给我带来任何虚荣，反而加深了我已经难以承受的疼痛。我很清楚，‘这么厉害’的不是我，而是我黑暗冷酷的意念。我很清楚，这‘更好’的一次已经不是征服，而只是被征服者邪恶的反叛。遗憾、恐惧和绝望重新占领了我的身体。伴随着这更深的疼痛，我的大脑中跳出了我对她最野蛮无理的要求：我要‘最上的一次’，我要‘第一次’，我要我要……这时候，我意识到剧烈的疼痛永远也不会平息了。和平并不存在。我从一场战争走进了另一场战争。

“比‘上次更好’的那一次成了我们的最后一次。从第二天开始，她不再是我做爱的对象，而沦为了我作案的对象。我不记得往她的脸上和身上吐过多少次痰。我不记得多少次揪着她的头发将她的头往墙上或者桌面上撞。她额头上的那道刀疤是我的罪证。她后背上的那块烫伤见证的也是我的疯狂。在真实的战争中，我从没有虐待过俘虏。我不知道自己怎么能够那样虐待自己最柔弱的俘虏。

“所有留在她身体上的新伤丝毫没有减轻我身体内部剧烈的疼痛。我知道我像她一样也是受害者。我是信息的受害者。我至今还在责怪她的诚实。为什么要让我‘知道’那么多？为什么要跟我讲我‘肯定听不懂的故事’？她用诚实伤害了我。那些本来与我无关的‘事实’因为我的‘知道’而变成了我终生无法挣脱的‘现实’。爱是最大的虚荣。它的养分是此刻的激情，而不是从前的事实。我们的爱起源于我们在扶梯上相遇的那一秒钟。它与20年前那个兽性的黄昏无关。她为什么要用信息的病毒将生活中的黑暗扩散到我的身上？

“我们的婚姻只维持了将近七个月。如果不是因为那位邻居，它或许还会继续维持一段时间，因为她一点也不想张扬她正在遭受的虐待。那位邻居报警之后，我们的家庭暴力不仅引起了法律的关注，还成了媒体上的话题。除了三次警方的调查之外，我们还被迫接受过一次报纸的采访。在调查和采访中，她关于‘情节’的说法远没有那位邻居报告的那么‘严重’。我当然完全接受受害者本人的说法。而警察和记者追问暴力起因的时候，我什么也没有说。我还记得那位年轻记者对我投来的那种鄙视的目光。他不可能看到在我头脑中溅散的水花，他不可能看到我无时无刻不在注视着的那水花里的身体，那没有‘缺陷’的身体。他不知道我的沉默需要多么强的自制力。

“因为她有悖事实的陈述，我被免于起诉。但是，我们的婚姻不可能再继续下去了。离婚的过程进行得十分顺利。在我们最后分手的时刻，她柔弱的冷漠激起了我强烈的怀旧。她最后对我说的话是‘我知道你会在乎’。‘你既然知道为什么还要让我知道？’我用责备的口气说。

“我没有留下犯罪记录，却留下了恶劣的名声，以及那些看得见的伤痕和看不见的伤痛。这就是我为什么要离开那个国家的原因。这当然也可以说是我为什么会遇见你的原因。你还记得那天你可怜巴巴地站在大楼门口的样子吗？救护车将你的主人拉走了，她将你托付给了我。她说她顶多一个星期就会回来。她没有再回来。你还记得吗？一晃两年过去了，你都已经七岁了。折算过来，你差不多相当于我的年龄。可是，你多么的幸福啊，你听不懂我讲的这些故事。世界里没有你肯定听不懂的故事。我马上就带你到山顶的树林里去。大自然不会讲你听不懂的故事的。那才是属于你的世界呢。

“你这是怎么了？你怎么突然变得模糊起来了。你这是想干什么？你不要再舔我了，你把我的脸都舔湿了。都怪你，都怪你一定要我讲你肯定听不懂的故事。你不要舔了，一会儿我就好了。你好好坐着吧。我接着跟你讲吧，讲完就好了。办好离婚手续之后，我就再也没有见过她了。我听说她后来找到了一个很体贴她的人。我听说他们领养了一个孩子。我不知道对那个我始终不相信的结局他是不在乎还是不知道。我听说他们生活得很幸福。”

父　亲

在从墓地回来的路上，父亲的情绪慢慢平静了下来。如果不是因为他坚持要参加完所有的仪式，我们肯定不会看到他情绪最后的突变。父亲的情绪在这一段非常时期里，一直都控制得非常平稳，这在很多人看来都有点不合情理。在火化间向母亲的遗体做最后告别的时候，二舅俯在我的耳边说，自从母亲去世以来，他还没有看见父亲掉过一滴眼泪。“我真是佩服他的自制力。”他瞟了一眼表情凝重的父亲，用极为不满的口气说。但是，当我们在将骨灰盒下放到墓穴里面去的时候，父亲终于没有能够控制住自己的情绪。他突如其来的号啕大哭打断了骨灰下葬的节奏。所有人都朝他看过来。而二舅不仅看了看他，还看了看我，一丝诡异的笑出现在他的嘴角，好像父亲的情绪变化是对他刚才的抱怨的反应。我没有时间去计较别人的想法。我抱紧父亲，劝他一定要节制哀痛。父亲并没有理睬我的劝慰。他继续号啕大哭。但是，他哭着哭着，突然将我的手掰开。他激动地说应该由他来给骨灰盒盖上第一层土。我扶着父亲在墓穴边蹲下。我帮着他用战战兢兢的手捧起一把黄土，撒落到骨灰盒上。这时候，亲戚们七嘴八舌地敦促我赶快将父亲扶起来，送到车子里面去休息。我将父亲在车子的后座上安顿好之后，又劝他不要再哭了。我说他的情绪对我们所有人都会有很大的影响。

在从墓地回来的路上，父亲一声不吭。他的头靠在车窗玻璃上，他的眼睛好像正盯着往日的幻影。我将后视镜调到正好方便观察他的位置。我很清楚他的情绪正在慢慢地平静下来。他刚才的失控真是让所有人都感觉非常突然。不过我相信那对他是一件好事。是的，自从母亲去世以来，我们谁都没有看见父亲掉过一滴眼泪。我真不希望他将悲哀全都窝在自己的心里。

我的车还没有停好，父亲就说他不需要我陪他上楼了。他知道我还有很多善后的工作要去处理。“你先去忙吧。”他平静地说。可是下车之后，他却向我示意了一下，显然还有话要说。他绕到了我这一侧的车窗边。他用双手紧紧抓住我的左手。他的情绪又有一点冲动。他说他希望我和我哥能够在最近两天一起回家来一趟。“我有些很重要的事情想告诉你们。”他激动地说。

我向父亲解释说在母亲住院之后我和我哥的关系已经变得非常紧张。我想他应该已经注意到了这一点。我哥本来是一个很随和的人，而且也不喜欢管家里的事，但是，在获悉母亲得了绝症的消息之后，他的性格发生了巨大的变化。他变得吹毛求疵。他在治疗程序和善后处理的每一个细节上都与我有不同的看法。我不相信他会愿意与我一起回家。我也不相信他会对父亲认定的“很重要的事情”感兴趣。

父亲无可奈何地摇起了头。“想想我们曾经还是一个‘模范家庭’呢！”他说，“怎么突然就会变成这个样子？！”他的口气听上去好像是在将家庭的危机归咎于母亲的离去。

我在第二天下午三点钟赶到了父亲那里。我并不是急于想知道父亲要告诉我什么，我只是不愿意他为家庭的危机过度操心。像我估计的那样，父亲已经午休起来。他的状况看上去远比前一天要好。可是我还没有坐下，他就开始自责了起来。他说自己昨天最后的表现实在不好。他说他觉得自己搅乱了整个的仪式。我不同意他的说法。我说正好相反，我觉得他那种真挚的表现正好是整个过程中的高潮。父亲不认同我的解释。他说我在追悼会上的发言才是整个过程中的高潮。追悼会上一共安排了三个发言。首先发言的是母亲原工作单位的领导。那个大腹便便的年轻人其实从来就没有跟母亲同过事（因为母亲退休已经十五年了），而他官气十足的发言竟持续了三十分钟。父亲认为那是最空洞的发言。不过那个年轻人提到母亲一辈子只在同一家单位工作，是“从一而终”的模范的时候，倒是用具体的数据做了说明：他说母亲在三十二年的工作中除了产假之外，从来没有请过一天的事假，只请过三次病假，而且她每次病假只请了半天，她的两次产假都减少了五天……这些事实引起了听众的啧啧感叹。父亲对二舅的发言也评价很低。他说那情绪激昂的发言听起来就像是一篇初中生的作文，其中的形容词太多，具体的事例却太少。而最令父亲不以为然的是，二舅在发言中除了称赞母亲是好姐姐之外，还称赞她是好妻子和好母亲。父亲说关于好妻子的评价不应该来自弟弟的发言，而关于好母亲的说法只应该出现在子女的发言之中。父亲认为我的发言比前两个发言要精彩多了。他说我的发言感情细腻，事例充分。我在发言中谈到了母亲临终前和我的最后一次谈话。在那次谈话中，生性好强的母亲说她对自己的一生很满足，主要是因为她有一个很本分的丈夫和两个很孝顺的孩子。母亲还特别叮嘱我要照顾好父亲。她说她自己是一个工作狂，不是一个好母亲。她说我们家多次被评为全市的"模范家庭"完全要归功于父亲的牺牲和奉献。我发言中的这一段内容让父亲颇有感慨。他说他没有想到母亲到最后还会对他如此在乎。

不爱说话是父亲的标志性特征。他在单位上不爱说话，他在家里不爱说话，我们上小学和中学的时候，他在家长会上也从来都是说话最少的家长。他突然的多话让我感觉非常意外。还有，父亲以前也从来不会在背后议论别人，可是他说的这一通话却大都是对别人的议论，这一点也让我感觉非常意外。

在议论完我的发言之后，父亲很严肃地看着我。"你真的认为你母亲那么完美吗？"他问。

我这才意识到父亲对我的发言其实也并不完全满意。

“她当然有缺点。”我说。

“比如……？”父亲追问。他的语气和表情都很严肃。

“比如她太好强了，比如像她自己说过的那样她不是一个‘好母亲’……”我说，“但是人都已经不在了，还说这些干什么呢？！”

“可是有些事情是只有等到人已经不在了才可以说的。”父亲很严肃地说。

父亲的这句话不仅让我感觉意外，也让我感觉紧张。他指的是他想要告诉我们的那些很重要的事情吗？

父亲的话题果然马上就转向了。“我只打过你们一次，你还记得吗？”他严肃地问。

我当然记得。那件事发生在我九岁那一年的暑假。我还记得那是一个星期四的下午。我哥战战兢兢地问我能不能陪他一起去游泳。他说再过几天他就要满十三岁了。他想在生日之前下一次水，尝尝游泳的滋味，因为他最讨厌的那个同学说过，十三岁还没有游过泳的人将来都会长不高。他不需要我陪他一起下水，或者说他需要我不下水，这样，如果他出了危险，我可以在岸上为他呼叫救命。我理解我哥的战战兢兢，因为游泳是我们家的禁忌：我父亲不仅严禁我们去游泳，甚至还禁止我们谈论游泳。他说游泳太危险。他还说他自己想都没有想过去学游泳。我同意陪我哥去，因为我有点好奇又有点对他不放心。但是，我提醒他一定要想好应付父亲的办法，如果被他知道了……我哥向我保证说父亲不可能知道。他骑自行车带着我从那家著名的精神病医院穿过，很快就到了一口很大的水塘边。我看着我哥沿着青石板搭成的梯级没有什么信心地往下走，心里非常紧张。“如果父亲知道了”或者“如果我哥……”，这两种想法在我的头脑中交会碰撞。我看到我哥站到了最后一级青石板上。他让我转过身去。等他同意我再转过身来的时候，他的身体已经泡在了水塘里。我看到他将短裤扔在了最后那一级青石板上。我不知道我哥到底在水里泡了多久。我一直都在担心，担心那两种“如果”。

在回家的路上，我哥显得很沮丧。他说游泳真是太难学了，他可能一辈子都学不会。我记得所有这一切。当然接下来的记忆就更加清晰了。那一天我父亲下班回来得比平时早。他是知道我们下午出门了才提早赶回来的。他一进门就从门背后操起了鸡毛掸子。那是母亲用来管教我们的“凶器”。父亲对我们比母亲要耐心得多，他从来没有用粗暴的方式管教过我们。所以，他的举动令我们极为震惊。父亲命令我们站到他的跟前。他问我哥下午骑车带我到哪里去了。我们下午回来的路上曾经遇见过父亲的一个同事。我想肯定是他向父亲报告了我们出门的事。我哥按照原来想好的方案，说我们去了他住在精神病院家属区的一个同学家。父亲又将目光移向了我。我为“如果”的成真紧张得浑身发抖。我本能地点了点头。父亲突然失去了控制。他手里的鸡毛掸子先是劈打到了我的手臂上，接着又在我哥的后背上不停地抽打起来。我们从来没有看见过父亲发那么大的脾气。他一边抽打我哥，一边指责我们不仅违反了游泳的禁令，还居然向他撒谎。我哥用手护着头，同时用毛主席语录指责父亲不“实事求是”以及“没有调查就没有发言权”。这时候，父亲说了一句我们听不懂的话，说完之后又狠狠地用鸡毛掸子在我哥的后背上抽打了几下。

“我说什么了？”父亲好奇地问。

我没有想到他会不记得那样一句奇怪的话，那句令我们感觉又费解又恐惧的活。

父亲用诚挚的目光看着我，显然是很想知道自己在气急败坏的时候到底说了什么。

“你说你从我们身上闻到了死人的气味，”我告诉父亲，“你说这就是‘实事求是’。”

父亲苦笑了一下，好像是在嘲笑自己的记忆。

我接着告诉父亲，我和我哥后来经常还会谈起这件事。我们一直都不明白，为什么他能够从我们的身上闻到死人的气味，以及这气味与我们偷偷去游泳又有什么关系。

父亲调整了一下自己的坐姿。“这正是我现在就要告诉你的事情。”他用极为庄重的语气说。

父亲的语气已经让我感到了事情的“重要”。我将身体向前倾斜了一点，好像是想更接近父亲的记忆。我预感父亲的叙述将带来许多的连锁反应，包括改变我们之间的关系。

“我本来其实不是一个很本分的人。我本来其实很活泼，我的话也很多……一直到刚结婚的那几天我都是这样，”父亲说，“你母亲其实也是因为我的‘不本分’才喜欢上我的，就像另外那些喜欢我的女孩子一样。”

“我知道你是学校一百一十米栏的冠军，是许多女孩子心中的偶像。”我说。母亲有好几次向我提起过父亲当年在大学里被女生追求的盛况。

“可是你肯定不知道，我最开始其实是学校游泳队的队员，”父亲说，“田径只是后来的转向，因为学校体育部的主任认为我在田径上更容易为学校争得荣誉。”

父亲的话让我大吃一惊。“你不是想都没有想过去学游泳吗？”我问。我想起了他在我们小的时候对我们说过的话。

父亲没有完全回答我的问题。“我在十七岁那年参加过全市中学生游泳比赛，”他说，“还在一百米自由泳中排名第五。”

我完全不能接受一个不同的父亲的出现，就像我还是不能接受母亲的离去一样。我不知道生活为什么会突然变得如此荒诞。“这是怎么回事？”我用充满疑惑和痛苦的语气问，“你以前说你想都没有想过去学游泳。”

父亲显然对我的问题已经做好了充分的准备。“都是因为那个中午……”他平静地说。

我看着他。我又看到了从墓地回来的路上他的那种目光：他好像在盯着往日的幻影。那好像是无法摆脱的往日。那好像是无法摆脱的幻影。

“那是我们婚礼之后的第五天。当时我们正在你母亲的家乡度婚假。那天中午，你母亲带我去看那个在全国都很出名的水库。我们沿着环绕水库的小路散步。你母亲跟我讲起了她小时候的一些事情。比如她的一位小学老师后来嫁给了一位著名的战斗英雄；比如她父亲有次在捉泥鳅的时候被毒蛇咬伤，自己挖掉了伤口周围的一块肉；比如那个邮递员只要知道她父亲不在，就会坐在她家里不走，他好像跟她母亲有说不完的话……”父亲说，“水库四周的美景和你母亲奇妙的故事，让我感觉乡村的生活清纯无比，往日的生活清纯无比。一种踏实的归属感油然而生。它甚至比我新婚之夜以来紧抱着你母亲入睡的那种感觉还要好。我情不自禁地拉起了你母亲的手。要知道我们那个年代，男女手拉着手在外面走是极为‘不雅’的行为，是小资产阶级的低级趣味。可是在那个特定的时刻，我感觉那种举动非常自然，也非常纯洁。我相信你母亲也一定会有强烈的同感。”

父亲和母亲从来没有让我们看到过他们之间的亲热举动。我想象不出他们居然会手拉着手在外面走。

“那种自然和纯洁的感觉更是让我对亲密产生了激烈

的渴望。在光天化日之下产生那样的渴望让我有痛苦的犯罪感，因为在那个年代，那种渴望不仅属于庸俗的低级趣味，还会等同于更肮脏的流氓行为。但是我抵挡不住。我转过身来，抱紧你母亲，将嘴唇贴到了她的嘴唇上，”父亲说，“就在这时候，我们听到了呼救的声音。那是我现在还能听到的声音。那是两个孩子的声音。那声音来自我们右手方向不远处的岸边。那是呼救的声音。那两个孩子的同伴正在水库的中间挣扎。我们所在的位置离那个孩子大概只有一百五十米左右的距离。我只需要一分多钟就应该可以游到他的身边。我松开你母亲，准备冲进水库。”

父亲的眼睛盯着正前方，好像他仍然没有离开现场。我紧张地等待着他营救那个孩子的全部过程。

“我没有想到你母亲会有那样强烈的反应。她紧紧地抓住了我。她不让我去！‘你出了事怎么办？！’她用严厉的口气质问我，”父亲说，“她应该清楚我不可能出事。我有很高的游泳水平，也有足够的救生知识，我不可能出事。而如果我不马上行动的话，那个孩子肯定会出事。我挣脱开了你母亲的手。”

我感觉全身都绷得很紧。我希望父亲迅速说出事情的结局。

“可是我还没有来得及迈步，你母亲居然倒在地上，一把抱住了我的腿，”父亲说，“‘你太不负责了，’她说，‘我们刚结婚五天你就想抛弃我。’说着，她还用头撞击地面，显出痛不欲生的样子。”

我完全没有办法将父亲叙述中的母亲与我心目中的母亲联系在一起。

“求救的喊声让我心急如焚。我哀求你母亲赶快松开手，赶快站起来。我对她说去救起那个孩子才是我迫切的责任。我没有想到你母亲会那么突然地松开手。她站起来，一边拍去裤子上的灰土，一边用极为平静的声音说：‘你去吧，我不拦着你了。如果你觉得水库里的那个陌生人比你的新娘还重要，你就去吧。’这显然不是态度的改变，而是战术的改变。这种改变令我无法承受。我意识到如果我胆敢贸然行动，我们的婚姻就会夭折在摇篮里。我浑身发抖。我懦弱无比，虚弱无比，连挪动脚步的勇气和力气都没有了。你母亲趁机继续对我施压。‘你去啊，我可没有拦着你，’她说，‘你在不在乎我，对我来说没有一点关系。’她的平静（应该说是她的冷漠）令我极度恐惧。我的知觉突然一下好像被完全屏蔽了，”父亲说，“等我恢复过来之后，你母亲已经走远了。她在朝公共汽车站的方向走去。我匆匆瞥了一眼水库，又匆匆看了一眼那两个还在呼救的孩子。我的心中充满了恐惧。我绝望地朝你母亲的背影跑过去。”

这戏剧性的结局让我非常压抑。我不知道应该怎样安慰父亲，更不知道应该怎样安慰我自己。

“你知道那天晚上我是怎么熬过来的吗？那是我婚姻生活中的第一个失眠之夜，那也是我婚姻生活中的第一个完全没有安全感的夜晚。我与你母亲坐上同一辆公共汽车，但是她在车上拒绝跟我说话，她回家之后也拒绝跟我说话，她整个晚上都背对着我，”父亲说，“我在黑夜里瑟瑟发抖。那两个孩子呼救的声音与你母亲欲擒故纵的冷漠交织在我的耳边……结婚刚刚五天，婚姻就带给了我巨大的羞耻，我很清楚这羞耻是我终身都难以摆脱的阴影。结婚刚刚五天，我就开始对婚姻充满了恐惧。”

父亲的话让我觉得母亲的追悼会还没有结束。父亲应该是最后一位发言者。他的发言才是追悼会真正的高潮。

“第二天一大早，我又独自回到了水库边。仅仅在十几个小时之前，我在那里还感到了那种亲密的渴望，可是经过婚姻中的第一个失眠之夜，你母亲对我来说已经是一个陌生人了。我茫然地面对着平静又冷漠的水面。突然，一种强烈冲动引诱我朝水库里走去，”父亲说，“就在水刚刚没过我的膝盖的时候，一个挑着粪桶的农民从小路上走过。他大声告诉我水库的中间很深。‘每年都有人在这里淹死，’他说，‘昨天还淹死了一个初中生。’”

我忍不住计算了一下，如果那个孩子被父亲救起了的话，他现在都已经到了退休的年纪了。

“有人说每个人一辈子里都会有一件最重要的事情。这就是我一辈子里最重要的事情。我从此就变得沉默寡言了。我从此就变成了一个很本分的人。我从此就肩负起了几乎全部的家庭责任，”父亲说，“你母亲后来再也没有提起过这件事了。如果不是因为她走在我的前面，你们肯定也不会知道这件事。我真的不知道你们应不应该知道这件事。我也不知道这件事与你们到底有没有关系。”

我想了一下父亲最后的这一句话。我想这件事尽管发生在我们出生之前，甚至我们形成之前，但是它肯定与我们有关系。它不仅以复杂的方式参与了我们的形成和出生，它还改变了我们成长过程的禁忌。它是我们生命的一部分，或者说我们的生命是它的一部分。

“我昨天在墓地的失控，大家一定会有不同的说法。不过没有人会知道我是因为想到了另一个死者才号啕大哭的。那是一个已经死去了将近五十年的死者。我想他也许就是你母亲在阴间地府里遇到的第一个人，”父亲说，“我想他已经原谅她了。我甚至想他们很快就成了心心相印的朋友。”

但是我肯定父亲自己并没有因为母亲的离去而原谅母亲，否则他不会让我知道这令他的婚姻蒙羞的往事。我不知道在他整个的婚姻生活中，是不是也存在着那么一刹那，父亲会想到自己可能会因为营救那个孩子而失去了自己的生命。那样的一刹那会不会让父亲对母亲的阻拦也存有一丝的感激？！我不想问他，也不敢问他。

“你现在知道你们小的时候我为什么会那样精心地呵护着你们了，”父亲说，“我和你母亲的婚姻一开始就与死亡结下了姻缘。我无时无刻不在担心着报应。我觉得你母亲走在我的前面本身就是一种报应。这件事注定要让你们知道，也许还会被更多的人知道。”

我递给父亲两张纸巾。他看了我一眼，却并没有马上擦去晃动在他眼眶里的眼泪。

“其实这件事里面隐藏着许多的可能性，可以去做各种各样的假设。我做得最多的假设是，如果我最后还是去救起了那个孩子，而且没有出事，你母亲可能并不会像她威胁的那样跟我离婚，她可能很快就原谅了我的‘不负责任’，我们的婚姻可能还是维持了下来，你们可能还是会来到这个世界……而另一种我经常想的‘如果’是，如果你母亲第二天晚上还是像前一天那样背对着我，我们的婚姻还会不会存在？”父亲说，“第二天晚上她的态度完全变了。我完全没有想到。我刚在床上躺下，她就拉起了我的手，恳求我抱着她。我的心剧烈地抽搐了一下。我以为我的理智和情感都会阻止我那样去做，因为那意味着我要跨越整个事件带给我的陌生感和疏离感，那就像是要跨越生与死的界限……我没有想到自己居然会那么平静地跨过去。我侧过身体，将手轻轻搭在了你母亲的腰上。她用指尖在我的鼻尖上轻轻点了一下。‘我知道你永远都不会抛弃我的。’她充满感情地说。”

我示意父亲擦掉马上就会滴下来的眼泪。

“昨天在从墓地回来的路上，我想到了另外一种如果，”父亲说，“如果那天晚上我不敢跨越或者不愿跨越那生与死的界限，如果我粗暴地将她的手推开，那又会怎么样呢？”

我将右手放到父亲的膝盖上。我很想对他说，母亲现在已经不在了，你们现在已经被那粗暴的界限分开了，你还说这些干什么呢？！

剧作家

每天上午十点二十分，他都会走到小区花园东端那一排大约两米高的松树前。甚至下大雨和刮台风的日子，他都不会错过。他会在那里站立大约十五分钟。他的头微微低着。他的手自然垂放在身体的两边。他轻轻地闭着眼睛。从他虔诚而稍显痛苦的表情不难判断，他那不是在练功，而是在默祷。

邻居们都称他为“怪人”。而我觉得一个“怪”字并不足以概括他的“怪”。从看见他的第一眼起，我就这样觉得。我认为“特别”才是对他准确的概括。他不像是我们的邻居，他也好像不属于我们这座人员构成复杂的城市，他是我见过的最“特别”的人。

除了每天上午十点二十分必然出现之外，他很少在小区里露面。而他的偶尔露面也给人留下矛盾的印象：一方面，他总是很主动又很友善地向邻居们点头致意，显得很随和；而另一方面，他却从不跟邻居们说话，也不会提供任何机会让邻居们能够跟他说上话，显得很孤傲。将近三年了，他一直都是这样。没有人知道他的来历。没有人知道他为什么会住在这里（而且是一个人住在这里）。也没有人知道他将来还会不会住在这里。

他的身份直到三个星期前才突然暴露。那一天，我在课间休息的时候，随手翻起了不知是谁扔在教师休息室茶几上的一张报纸：那上面居然有一整版对他的专访。我对戏剧从来就没有什么兴趣，但是他那两部代表作的名字，我却非常熟悉。根据专访前面的介绍，那两部戏剧还曾经被翻译到了日本、意大利和德国，由当地的著名导演执导，当地的著名演员出演，引起了观众的热烈反应。我不记得自己下面的那一节课是怎么上完的。离开教师休息室之后，我满脑子里只有一个想法，就是尽快回家，尽快让我的家人和邻居分享这意外的发现……我终于听到了下课的铃声……我终于在小区的门口冲下了公共汽车。我兴冲冲地跑向我看见的第一位邻居。他正在小超市旁边的水果摊上挑选芒果。我气喘吁吁地跑到了他的面前。奇怪的是，他对我的兴奋却一点也没有表现出诧异。我马上就意识到他已经知道了我跑近他的理由。我什么都不需要说了：我们整个小区这时候都已经知道了“怪人”的真实身份。

登在报纸上的那张照片应该是最近照的，因为那就是我们所熟悉的样子。剧作家孤傲地坐在一张转椅上，他的身后是占了一面墙的书架。我一眼就认出了我们学校的图书馆里也有的那套精装《莎士比亚作品全集》(剧作家的头只要稍稍再往左侧一点就会挡住那套书)。那是书架上唯一的英语书。它正好与剧作家长年都穿着的印有莎士比亚头像的T恤衫相呼应。在那件T恤衫上，在莎士比亚秃顶的正上方，还印有一句应该是出自莎士比亚戏剧的台词：No way but this. 在临睡之前，我先是端详着那张拍得很专业的照片，然后又逐字逐句地重读了一遍信息量很大的专访。剧作家每天上午十点二十分站在那排松树前默祷的样子不断地在字里行间闪现。如果采访者是我们邻居中的一位，我肯定，专访的第一个问题就会锁定在这个特定的时间以及剧作家默祷的原因。

而报纸上的专访是从现在还不到五十岁的剧作家在三

年前的那个秋天突然宣布退休的事件开始的。这样的切入无疑也很聪明，它既能让熟悉剧作家的读者们感兴趣，又能吸引像我这种对剧作家毫不熟悉的读者。剧作家的回答简单又中肯。他说他的激情已经被生活中的戏剧耗尽了。记者显然很理解剧作家的这种说法，因为他接着就请剧作家谈一谈发生在他生活中的“那场悲剧”。剧作家显然不喜欢这个话题，他敷衍说他的生活中充满了悲剧。记者没有被他敷衍过去，他追问那场悲剧是不是促使剧作家突然退休并且隐居到我们这座城市里来的真实原因。剧作家更不喜欢这个问题。他改用自嘲的口气敷衍说他现在都开始接受采访了，怎么还能叫是“隐居”呢？！

这次专访中关于隐私的纠缠到此结束。这短短的纠缠给我带来了更多的疑问：那是一场什么样的悲剧？剧作家为什么在悲剧之后要离开？他为什么要隐居在这座城市？在隐居了将近三年之后，他为什么又要暴露自己的身份？……这些问题让我产生了接近剧作家的强烈冲动。剧作家不仅是我亲眼见到过的第一位名人，也是我见到过的最“特别”的人。我想象不出一个人会连续三年每天在一个固定的时间和一个固定的地点做同一件固定的事情。我也想象不出一个人可以很友善地与周围的人点头致意却又拒绝跟他们说话，拒绝他们的接近。我突然产生了强烈的冲动，想接近这个最“特别”的人，跟他说话，甚至成为他的朋友。

但是我很清楚，如果主动走上前去，我肯定会遭到他的拒绝。我知道接近这个“怪人”最好的办法是让他主动与我接近。也就是说，我应该想办法引起剧作家的注意，让他对我好奇，并且主动跟我说话。我想到了莎士比亚，或者更准确地说，是想到了那套《莎士比亚作品全集》。我真的一点也不喜欢那个扑朔迷离的英国人。我没有忘记大学阶段那门以他的名字命名的必修课。我经过了补考才勉强通过那门课。但是，他是我和剧作家之间的桥梁，这毫无疑问。剧作家会通过他走近我。第二天，我就从学校的图书馆里借出了那本书。我在接下来的那天上午十点二十五分带着它坐到了小区花园的草坪上。

我故意坐在离那排松树只有不到二十米的地方。我故意将书捧在手里，而不是摊在草坪上。这样，剧作家应该很容易就会注意到书的封面，接着当然就会注意到我……我没有想到等待的时间会那么长。一直坐了四天，差不多读完了整部《威尼斯商人》，我期待的场景才终于出现。剧作家那天结束默祷从我身边经过的时候停住了脚步。“你在读莎士比亚的原文？”他好奇地问。

我告诉他我是大学里的英语老师，英语是我的专业。

剧作家友善地看着我。“我只懂一点英语。”他说，“不过，我也有一本同样的书。”

我做出很吃惊的样子，就好像我并没有端详过报纸上的那张照片。

“那是一位朋友送给我的礼物。”剧作家说，“还有两件这一模一样的T恤衫。”他用手指将T恤衫扯起来了一下。

我没有想到他书架上的那本书果然与他长年穿着的T恤衫之间有密切的联系。

“是那位朋友从莎士比亚的故乡寄给我的。”剧作家补充说。

我从他的语气里听出了他极力想压抑的伤感。

“那是我错过了的地方。”剧作家说。

我又听出了剧作家内心深处的遗憾。我不知道他说的“错过”是什么意思。但是，我很夸张地点了点头，好像很理解剧作家对祖师故乡的向往。接着，我提到了上个星期在报纸上读到的专访。剧作家谦恭地弯下腰，向我伸出了手。紧握着剧作家的手，我感觉极为兴奋，不仅因为那是我第一次握到名人的手，还因为我如愿以偿，开始接近了这最“特别”的人。

剧作家耐心地等我松开手之后，很严肃地问道：“你最喜欢莎士比亚的哪部作品？”

这意想不到的问题令我感觉尴尬。我不好意思说我都不喜欢。所以我支支吾吾地说我都喜欢。

剧作家显然立刻就听出了身为大学英语老师的邻居对自己的祖师并没有什么研究。他宽容地笑了笑。

我趁机向剧作家更迈近了一步，反问他自己最喜欢哪一部。

“《奥赛罗》，”剧作家不假思索地说，“当然是《奥赛罗》。”

为什么当然是《奥赛罗》？我想问，又不敢问。

这时候，剧作家指着T恤衫上的那一行字说：“我的朋友告诉我这就是《奥赛罗》里面的台词，是奥赛罗自杀身亡前说的话。”

剧作家的解释让我有点不安。难道他的那位朋友就是因为这句台词才为他选中了这件礼物吗？……而且是一模一样的两件。那位朋友肯定是想让戏剧家常年都穿着这礼物，就像他现在这样。这该是一个多么特别的朋友啊，我不安地想。

“我查到有人将它翻译成‘这是唯一的出路’，”剧作家问，“翻译得对吗？”

我说那只是一个很直白的句子，不会再有其他的翻译。

剧作家皱了皱眉头，好像不同意我关于那个句子“很直白”的说法。“这是唯一的出路。这是唯一的出路。”他重复地说着，转背走开了。

那天晚上睡觉之前，我又重读了一遍报纸上的专访。我将它与我和剧作家的对话做比较，突然产生了一个奇怪的想法。我想剧作家对《奥赛罗》“当然”的偏爱会不会与他生活中的“那场悲剧”有什么关系。我还注意到了前几次阅读时漏掉的一个细节：剧作家在专访中两次提到了一篇题为《生活中的细节》的小说。他说那篇很短的小说写的是一对年轻的夫妇在一次旅行归途中的遭遇。他们遇见了年轻女人自己已经完全没有记忆的一个“熟人”。通过对方扑朔迷离的提示，年轻女人不为她丈夫所知的“过去”隐隐约约地浮现了出来。剧作家评论说那看上去只是一个平淡的细节，但是生活中的悲剧往往就根源于生活中的那种平淡的细节。

正在我为阅读的新发现激动不已的时候，一位邻居打来了电话。她说大家都看到我已经与“怪人”说上了话。他们都想知道我有什么新奇的发现。不知道怎么回事，我突然对邻居们低俗的好奇反感起来了，就好像他们侵犯了我的私人领地。我什么都不想告诉他们。“他真是一个怪人。”我敷衍道，“比你们想象的还要怪。”我故意说“你们”，而不是“我们”，好像我已经不属于他们。

随后的两天，我忙着准备出期末考试的试卷，没有时间去草坪上等待剧作家的走近。但是在上下班的公共汽车上，我不会去考虑题型的比例和题目的难易。我靠在车窗玻璃上回忆着我们的上一次谈话或者想象着我们的下一次谈话。我没有想到我们“下一次谈话”的时间和地点都会发生变化。第二天黄昏走下公共汽车的时候，我一眼就看到了站在车站旁边的剧作家。“你在这里等我吗？”我半开玩笑似地问。

我更不可能想到的是，剧作家竟顺势跟我开了一个很专业的玩笑。“我在等待戈多。”他说。（从他严肃的表情和语气来看，也许这并不是玩笑？！）

剧作家没有继续等待。他跟着我一起往小区里面走。他说他写过的一个独幕剧的场景就是一个公共汽车站。他说那部戏里面的所有人物都是次要人物。这些人物每天都在“离开”和“到达”。他说他想用这种不断重复的“离开”和“到达”来表现生活的荒诞。我很欣赏剧作家的这种表现手法。我说我自己在公共汽车站等车和下车的时候就经常会有荒诞的感觉。

走到我的楼下的时候，剧作家好像还有很多话想说，他没有减慢脚步。我也很想知道剧作家还想说什么，我也没有减慢脚步。我们继续朝草坪上走去。

剧作家这时候提起了报纸上的访谈。“你是怎么看到的？”他问。

我不太清楚剧作家问这个问题的目的。但是，我知道我不应该说自己是无意中看到的。我告诉他我从来不会错过报纸上任何有趣的内容。

我的回答好像并不能让剧作家满意。“我想知道的是到底有多少人会看到那张报纸。”他说。

我说这家报纸很有影响，这座城市里所有的人都会看到。

“你真的这么想吗？”剧作家问。

我们所有的邻居们都看到了，我说，还有我所有的同事。

剧作家抬头望了一眼暮色中的天空。“这就好了。”他说，尽管他的声音充满了怀疑。

我不知道他这是什么意思。

“其实只要一个人看到就好了。”他继续说。

我也不知道他这是什么意思。他低沉的声音让我觉得他是在自言自语。

“访谈发表之后我突然经常会有很寂寞的感觉。”剧作家说。

我想起他刚才的“玩笑”。我想他肯定是在等待读者的反应。等待让人寂寞，我说。

剧作家用迷惘的目光看着我，不知道他觉得我说对了还是说错了。“我真不知道自己是不是应该继续在这座城市住下去。”他说。

剧作家的话让我感觉非常突然。我觉得我们的交谈已经接近了一个很关键的点，接近了他在专访的开始避开过的那个问题。我不想错过了这个机会。我说只有首先清楚了自己为什么会来到这座城市，才能决定是不是还应该继续在这里住下去。

剧作家还是用迷惘的目光看着我。

我还是不知道他觉得我说对了还是说错了。但是，我提醒自己不能有任何的犹豫。我提到了他生活中的那场悲剧。我问他为什么在专访中要回避那个问题。

剧作家刚想说什么……突然，他的眼睛一亮。他面对的方向好像有什么吸引了他的注意。“我没有看错吗？”他激动地问。

我回过头去。我不知道他在暮色中看见了什么。

“就在那排松树后面的通道上。”剧作家说，“我应该没有看错。”

我看见了……那是一个穿着黑色连衣裙的女人，她在松树后面的那条通道上来回走动。

剧作家好像完全忘记了我们的谈话。他痴迷地朝着那个方向走去。可是，他没有能够走近那个女人。在他快走到松树的跟前的时候，一个穿着非常正式的男人来到了那个女人的身旁。他们交谈了两句之后，手拉着手走开了。剧作家好像被这平淡无奇的场面震惊了。他过了一阵才迈着沉重的步伐往回走。他一边走还一边回头。他回到我跟前的时候，脸色显得极为疲惫。“我可能是看错了。”他低声说。

我完全不知道他错在哪里。

“听说她在那个电话之后就离开了。”剧作家说。

我完全不知道那个电话是哪个电话。

“听说她来到了这座城市。”剧作家说。

我完全不知道他说谁来到了这座城市。

“为什么我会有那种想法呢？”剧作家说。

我完全不知道他指的什么想法。

“她知道了又有什么用呢？”剧作家问。

我完全不知道他说的“什么用”是什么意思。

“等待让人寂寞……是啊，你说得对。”剧作家说，“我现在觉得我错了。”

我完全不知道他怎么又错了。

剧作家突然转身走开了，他没有向我说告辞的话。

第二天下班回来，我看见几个邻居站在小区的门口议论。看到我走过来，他们都显得非常兴奋。他们围住了我。他们说我们的一位邻居中午去机场送婆婆的时候看见了“怪人”。他还是很友善地对她点头致意，还是什么话也没有说。她说他背着一个很大的背包，看样子是准备出远门了。邻居们问我知不知道他那是要去什么地方。

那位邻居的推断应该没有错。剧作家应该是出远门了，因为这些天来他一直都没有在必然出现的时间和地点出现。

过了大约一个星期，我收到了一件从西双版纳寄来的特快专递。里面只有一盒很新的磁带。磁带的标签上用铅笔写着：我为什么会来到这座城市。那当然应该是剧作家的笔迹。我迫不及待地将磁带放进录音机里。我很快就听到了剧作家已经变得有点沙哑的声音：

“我突然决定退休而且离开那座城市的原因的确与那场悲剧有关。但是，那场悲剧本身还有更深的原因，那是只有悲剧中的人物才知道的原因。生活中的戏剧总是这样，总是戏中还有戏……有时候甚至很难去分辨哪一部戏是原因，哪一部戏是结果。我不知道自己应该为那场悲剧负多大的责任。但是我知道，那是我自己‘写’不出的戏。那也是让我对‘写’戏失去了激情的戏。三年来，我每天都从不同的方向重新进入那场悲剧。经过反复的比较，我知道那个电话是进入悲剧的最好的方式。那是我等待了四年的电话，可是它在那个时候到来又完全出乎我的意料。现在想来，我不知道应该说那个电话来得‘不是时候’还是来得‘正是时候’……两个小时之后，我的婚礼就要开始了。我正在忙着做最后的准备。不断有电话进来，我的奶奶，我的表姐，我的姨妈，我请的摄影师，我雇的车队的经理……我完全没有想到突然会接起那个电话。四年过去了，我又听到了她的声音。那熟悉的声音差点将我击倒。她说她已经拨打了一个多小时，我的电话一直都占线。听得出来，她并不知道我的电话为什么会‘一直’都占线，她并不知道她的电话来得‘不是时候’或者‘正是时候’。我犹豫了一下，还是觉得没有必要告诉她。我努力稳定住自己的情绪。我耐心地听她说下去。她说她刚从英国回来。她说她特意去了一趟莎士比亚的故乡。她说她在那里为我买了一些礼物。她说她将礼物直接从当地的邮局寄给了我。她希望我能够看到莎士比亚故乡的邮戳。她说她给我打电话的一个目的就是提醒我留意最近的邮件。这当然不可能是她的主要目的，因为这是我们四年来的第一次电话，因为这是我们（应该说是‘我’）

突然中断我们将近三年‘不可思议的激情’之后的第一次电话。她的这一段话猛烈地冲撞着我的身心。我没有忘记‘莎士比亚的故乡’在我们激情生活中的意义，永远也不可能忘记。那是我们当年选定的去度蜜月的地方……现在，我马上就要结婚了，跟另外的一个人，而她却刚从我们选定的去度蜜月的地方回来……我不知道自己应该怎样反应。我能说什么？我还能说什么？！……她根本就不需要我说什么，因为她自己的话还没有说完。她说她在那个漂亮的小镇上住了两天，住在一个叫‘黑天鹅’的小酒店里。她说她在那里回忆我们在一起的生活，我们‘不可思议的激情’。她说她的回忆最后还是终止于那个庸俗的问题：究竟我是不是爱她？她刚认识我的时候就经常问我是不是爱她，在我们那‘不可思议的激情’之中她也不停地这样问。但是经过四年的隔绝，这已经不再是对我的提问，而只是她自己的问题，她需要自己来回答的问题。她说那天清晨独自站在莎士比亚的墓碑前，她终于恍然大悟！她说我其实根本就不爱她，从来就不爱她。我提醒自己要沉住气。我提醒自己一定要沉住气，不要去在乎她对我的感情的羞辱……她的话还没有说完。我还要耐心地听她说下去。她说这四年来，她一直都想给我打这个电话，又一直都没有勇气。她想知道我们‘不可思议的激情’为什么会中断得那样突然。她说她是在那个恍然大悟的时刻才终于获得了这种勇气。是的，这才是她打电话来的主要目的：她想知道在那么多年‘不可思议的激情’之后，在已经选定了度蜜月的地方之后，我为什么会突然离开她。这不能用爱和不爱来泛泛地解释。她想知道具体的原因。如此明确的目的让我松了一口气。我肯定她是为了‘清算’而不是因为‘怀旧’才打来了这个充满戏剧性的电话。既然如此，我想她应该可以平静地接受我此刻的状况。我没有回答她的问题，而是告诉她我马上就要结婚了。我想让她知道我们没有必要再去纠缠我们的过去。她很久没有说话。我意识到她其实不可能平静。我耐心地等待和想象着她的反应……她终于说话了。她问我‘马上’是什么意思。我说马上就是马上。我听见了她的冷笑。接着她说，总不至于是‘今天’吧。我的沉默清楚地回应了她。她突然大笑起来。她说这实在是太可笑了。但是马上，她的声音就变了，变得极为阴沉。她说她等了整整四年才终于获得勇气来寻找那个问题的答案。她说这太荒诞了，就像我写的戏剧。这是为什么？她用阴沉的声音问，为什么她那样一只小船会撞上‘如此荒诞的暗礁’。那是她自己用的词，她说‘如此荒诞的暗礁’。这也许就是命吧，我说。我以为这是对她的安慰。没有想到，这是对她更大的刺激。她愤怒地说她不相信命，尤其是不相信这样的命。我不敢再多说什么。我也不想她再多说什么。就在这时候，她突然对着话筒大声吼叫着说：‘你们会受到诅咒的。’她的吼叫让我恐惧。我用尽可能克制的语气问她这是什么意思。‘你自己去想吧。’她愤怒地吼叫着说完，挂断了电话。我没有多想。我没有时间去多想。我要完成婚礼前最后的准备。我们的婚礼进行得非常顺利。婚礼之后，我和我妻子去她的老家度蜜月。从莎士比亚故乡寄出的邮包在我们回来之前两天就已经到了。我独自去邮局将它取回来。我在度蜜月的时候已经决定永远也不拆开它。我将它藏在书架顶层的柜子里，藏在我那些陈旧的手稿的后面。时间过得很快。一年平静的婚姻生活之后，我渐渐淡忘了她那个电话引起的恐惧。那一天，在查看日历的时候，我注意到了我妻子在我们的结婚纪念日上做出的标记。我兴致勃勃地凑到她的跟前，问我们应该怎样庆祝

‘我们的日子’。我妻子冷漠的语气和鄙视的目光令我不寒颤栗。‘我们的日子？！’她说，‘那是你们的日子。’我马上就意识到事情的不对。‘你这是什么意思？’我警惕地问。‘你不要这么紧张。’我妻子说，‘你现在比那天接完电话之后还要紧张。’我没有想到我妻子居然已经注意到了那天的电话。我紧张得说不出话来。‘这有什么好紧张的。’我妻子继续用冷漠的语气刺激我。我将脸转向一边，避开她鄙视的目光。‘你真的用不着这么紧张。’她接着说，‘我其实不知道那是谁。我只知道你……’她没有说出后面的字，但是我能够猜得出。‘你说过人只可能有一次真正的爱。’我妻子继续说。‘那只是我写的一句台词。’我辩解说。我妻子不能容忍我的任何辩解。‘不要忘了你说过你的所有角色都是你自己。’她反驳说。我什么话都不想说了。我也希望她什么都不要说了。‘你不爱我。这是事实。这没有关系。’我妻子继续说，‘但是有一点我不明白，你为什么不和你爱的人结婚呢？’这意想不到的问题让我又想起那个电话，想起她在电话里提到的‘恍然大悟’。还有什么比这更荒诞的吗？‘沉默是对荒诞的反叛。’我的一个角色曾经这样说。我提醒自己什么都不要说……但是，我们的谈话并没有结束于我的沉默，而是结束于那个从莎士比亚故乡寄来的邮包。我一直以为我妻子不知道那个邮包的存在，没有想到她这时候会用一种极为刻薄的方式提到它。‘你不是想庆祝我们的日子吗？’她说（她将‘我们’两个音发得非常挖苦，就好像她想表达的意思是‘你们’），‘你可以在这个日子里打开那个邮包，看看那里面到底有些什么东西。’我提醒自己一定要保持冷静。‘这是多好的庆祝啊。’她接着说。我提醒自己什么都不要说。‘你应该打开那个邮包看看。’我妻子最后说，‘说不定你还会从中获得创作的灵感呢。’说完，她头都不回地走了出去……这发生在结婚周年纪念日前夕的谈话为我们的婚姻生活定下了基调。这也许就是她在那个电话里说的‘诅咒’？！我们的婚姻又继续维持了六年。这是不可思议的六年。这六年之中，我妻子在我无力驱散的黑暗之中越陷越深。最后的两年，她的神经系统完全处于崩溃的边缘。她几乎没有一天能够安睡。她有时候会整晚坐在阳台上发呆或者抽泣。而我的劝慰只会加深她的躁动和痛苦。她有三次严重的发作，不得不住院治疗。包括她父母在内的许多人都和我谈过，劝我认真考虑自己的前途。但是，我不想看着她那种样子离开她。我希望首先能够帮助她彻底康复。然后，她也许会主动离开我……我完全没有想到她最后会选择以那样暴力的方式离开我。也许那不是选择。也许那就是‘诅咒’。当时，我正在外地出差。我接到通知之后马上就赶了回来。我从机场直接去了火葬场。她的尸体停放在那里。法医的鉴定书上标明她死亡的时间是前一天上午的十点二十分。当火葬场的工作人员最后问我要不要走近一点的时候，我示意说不必了。我连她的身体都没有怎么亲近过，对她的尸体会有什么感觉呢？！当天晚上，我疲惫不堪地回到家里，一头倒在床上就睡着了。可是在半夜里，我被关于那个邮包的噩梦惊醒了。我一直没有拆开过它。出差之前翻找旧稿的时候我还曾经看到它原封不动地藏在那里。但是在我的那个噩梦中，它已经被拆开了。我急忙爬起来，踩到椅子上，想将邮包取下来。我的手指刚碰到它，我就知道噩梦其实已经成真。我将那个邮包取下来。我不知道我妻子看到的还有什么，我看到的只是一套《莎士比亚作品全集》和两件一模一样的T恤衫。这邮包在那场悲剧中扮演的是什么角色？三年过去了，我仍然没有找到这个问题的答案。在这三年的时间里，我从来都没有错过十点二十分的默祷。那个时刻是对我的诅咒。我也每天都穿着这种T恤衫。这含义丰富的象征同样是对我的诅咒。我的一生荒诞地属于这两个女人，属于这两种互相仇视的诅咒。这两个女人中间的一个从一开始就认定我‘不爱’她，而另一个到最后终于‘恍然大悟’。我自己能够写出如此荒诞的戏剧吗？所以我退休了：这是唯一的出路。所以我离开了发生那场悲剧的城市：这也是唯一的出路。但是，我为什么要来到这座城市？这是一个问题。我肯定是因为听说她在这座城市才会来到这里的。但是，我为什么会因为她而来到这座城市？难道我对她还有什么需要吗？是的，我对她还有需要，一直到最近我才完全想清楚。因为我也需要‘清算’，就像她给我打来那个电话的时候一样。我的‘清算’有两项内容：首先我需要告诉她我突然离开她的原因。这只有我能够告诉她。我有这种需要不仅是因为她曾经打来过那个电话，还因为一年之后，我妻子也用一种完全不同的口气问过我。而更重要地，我还有另外一种需要，我需要她告诉我，那个邮包里除了那本书和那两件T恤衫之外还有什么。这一点，现在只有她能够告诉我。是的，经过将近三年的隐居，我终于清楚了自己的这种需要。因此，我才特意接受专访，暴露了自己的身份。但是那之后的等待让我后悔了。我知道她根本就不会因为我的暴露而出现。十年前的那个电话其实就是我们的最后一次通话。她不会再出现了。这也就是说我不可能知道邮包里到底还有什么，或者说到底是什么将我的妻子最终推进了死亡的深渊。这也意味着她永远也不会知道（或许她已经不想知道）我突然离开她的原因。也许这就是她说的‘诅咒’？！”

从这里开始，磁带上出现了一段很长的空白。在我准备按下停止键的时候，剧作家的声音又出现了：“因此我已经没有必要在这座城市住下去了。我还会在这远离闹市的小村庄里住一个星期。这里是我们最后一次旅行的终点，也是我们‘不可思议的激情’的终点。刚抵达这里的时候，我们并不知道它还是那第二个终点。一切都是因为我们离开那天出现的那个细节。那才是悲剧真正的开始。已经十四年了。不可思议的激情……不可思议的时间……不可思议的生活……回去之后，我马上就会搬走。我会搬到一个与这两个女人都没有关系的地方去。这两个用生和死纠缠着我的女人。这两个认定我‘不爱’她们的女人……”

剧作家说到这里已经泣不成声。他按下了停止键。这个动作在磁带上留下了一阵杂音。如果不是因为这无法抑制的激动，我相信剧作家接下去会告诉我那个所有人都想知道的细节。这时候，我突然想起了那篇他在专访里提到过两次的小说。从他对小说的简单概括里，我好像看到了剧作家十四年前的身影。突然，我觉得我和他融为了一体：不知道是他变成了我的角色，还是我变成了他的角色。我激动地按下录音键，在磁带上录下了这样的台词：“那一年，‘不可思议的激情’将我们带到了西双版纳。如果没有那个细节，那真是没有瑕疵的旅行，我们的激情将会继续，将会延伸到莎士比亚的故乡，将会延伸到更远的地方……可是，就在我们离开的那一天，在长途汽车站的候车室里，一个刚下车的男人瞥见了我们。他兴奋地走过来。他居然叫出了她的名字。她觉得很奇怪。她不知道他是谁。他说出了自己的名字她也不知道他是谁。这时候，他提到了另一个名字。我看见她的脸顿时就红了。她好像想起站在面前的男人是谁了。她没有介绍我们认识。她问他刚才提到的那个人现在怎么样了。‘他去年就已经……’那个男人说，‘脑癌。’我们很快就上车了。在车上，她始终将头枕在我的肩上。我始终望着窗外。我们都没有说话。我能够感觉到她的伤心。她的眼泪浸透了我的汗衫。在我们快下车的时候，她突然很动情地说：‘你知道我有多么爱你吗？’我伸手抚摸了一下她的面颊。我当然知道。这深深的爱让我经历了一生中最狂躁的一个星期。最后，嫉妒的洪水已经完全淹没我。那个在‘不可思议的激情’中生活了三年的我终于死去了。他浮肿的尸体漂浮在我不断的噩梦之中。我知道我唯一的出路就是中断我们的关系。那是唯一的出路。”

我刚录完这一段台词，电话铃就响了。是那位在机场遇见了剧作家的邻居打来的电话。她问我知不知道剧作家去了哪里。我说我不知道。她又问我知不知道他什么时候会回来。我说我不知道。她又问他还会不会回来。我还是说我不知道。

两姐妹

在两个追求她的男人之间犹豫了将近半年之后，姐姐选择了“可靠”的那一位。她的选择出乎所有人的意料，因为入选者与落选者的实力相差悬殊。落选者是妹妹看中的姐夫。他不仅有成功的事业和辉煌的前程，还有出众的仪表和超群的修养。他是一家即将上市的通信设备公司里最年轻的“高管”。姐姐不是没有看到这些显而易见的优越条件。但是，这些条件不仅没有让她感觉骄傲，反而让她感觉恐慌。她无法容忍与落选者站在一起的时候，别人向她而不是向他投来的羡慕的目光。那种目光让她没有自信，让她犹豫不决。另外，她一直将“可靠”当成男人最重要的资本，其他诸如事业的成功、前程的辉煌以及出众的仪表和举止等等都只不过是可有可无的点缀。而条件优越的年轻“高管”没有带给她“可靠”的感觉。她尤其反感他的那种自信，那种咄咄逼人的自信。他第一次与她见面的那一天，那种自信就已经暴露无遗。那一天，他将她带到了全市最豪华的购物中心顶层的那家咖啡馆里。那一天，他口若悬河，话题从“文化大革命”开始，经由《追忆似水流年》和《生命不能承受之轻》，一直延伸到了维瓦尔第。他用十分肯定的语气说他的生活中什么都可以没有，但是绝对不能没有音乐，尤其是不能没有令人销魂的《四季》。他的口若悬河令她恐慌。他除了音乐之外“什么都可以没有”的生活态度令她恐慌。在她个人的字典里，口若悬河是“可靠”的反义词。她对口若悬河的男人有本能的反感。

经过将近半年的犹豫，她终于做出了自己的选择。她选择了“可靠”的那一位。尽管他只是一家房地产公司里的普通职员，尽管他没有值得炫耀的修养也没有潇洒的外表，尽管他比他的竞争对手足足矮了十二厘米，尽管他的情趣与高雅相去甚远，尽管他不喜欢维瓦尔第也从没有听说过昆德拉和普鲁斯特……他给了她“可靠”的感觉。他从来没有像那位年轻的“高管”一样请她去过咖啡馆或

GUSTAV
KLIMT
NACHLASS

者西餐厅，更不要说请她去听音乐会了。他对她的追求既不如他的竞争对手那么精神，也不如他的竞争对手那么物质。但是她却从他朴实的眼神里看到了他的诚挚和一点也不亚于他竞争对手的热烈。他说话不多。这让她感觉轻松和亲近。他说话的时候语气卑微，还经常会伴着轻微的脸红和口吃。她将这看成是心理上的单纯，而不是生理上的不足。她尤其喜欢他从来就不将自己的意志强加于她或者用她妹妹的话说，他根本就“没有”自己的意志。他在任何问题上都认同她的看法。甚至在关于孩子的问题上，他的回答都让她感觉“可靠”。她向两个追求者都提问过，他们将来想要一个什么样的孩子。那位条件优越的“高管”口若悬河，好像在发布一条精心准备的利好消息。他说他想要一个男孩。他说他想他们的孩子将来长得比他还要高大。他说他想让他四岁就开始学习小提琴，弥补上他自己没有机会学习一门乐器的遗憾。他说他想他有一天能够出席他的独奏音乐会，看他在台上演绎维瓦尔第的《四季》。而同样的问题却让实力相差悬殊的普通职员涨红了脸。他结结巴巴地说：“我只想要你为我生的孩子。”

她选择了这“可靠”的男人。这种选择与她妹妹的态度其实有很大的关系。在她犹豫不决的那半年里，她的妹妹不断给她施加压力：她从一开始就不喜欢那位房地产公司的普通职员。她嫌弃的不是他的“地位”，而是他的“天性”。他的沉默寡言她多少还可以忍受。但是，她忍受不了他没有自己的意志。“跟一个没有自己意志的人生活在一起有什么意思？！”她不满地说。她对姐姐以是否“可靠”作为选择丈夫的标准极为不满。在她看来，“可靠”是“平庸”的同义词。她甚至说，世界上根本就没有“可靠”的男人，因为人是猴子变的，人从本质上就喜欢乱蹦乱跳。她还说人之所以要牺牲自己的自由，跟一个另外的人生活在一起，就是想让生活多少有点意思。“跟一个没有自己意志的人生活没有意思。”妹妹肯定地说。她不知道自己努力的效果其实正好适得其反：她的反对越是激烈，她姐姐就越是接近她反对的选择。

因为姐姐清楚地记得妹妹在感情问题上犯过的所有错误。那其中有许多是一再重犯的错误。姐姐为妹妹犯过的那些错误脸红又着急。每次妹妹带来了新的男朋友，她一眼就会看到失败的结局。“你看上的人没有一个是可靠的，”她总是用责备的口气对妹妹说，“你总是在做梦。”

而妹妹从来就反感这样的责备。“我不知道我们两个人到底谁在做梦，”她说，“世界上就不会有可靠的男人。”最令姐姐无法容忍的是，妹妹根本就不把自己在感情问题上所犯的错误当成是错误。她说那是她的人生经验，是她个人的“财富”。姐姐为妹妹这种“恬不知耻”的说法着急又脸红。她不会容忍自己犯哪怕是一次这样的错误。她相信自己的生命只属于一个男人。她相信自己的身体只属于一个男人。而“可靠”是她对那个男人的第一要求。

像许多的姊妹一样，这两姐妹不仅没有相像的外表，还有几乎完全对立的性格。这遗传之谜一直令她们的父母和其他认识她们的人迷惑不解。而更奇怪的是，这两姐妹自己的好恶与自己的性格也相矛盾：身体丰满的姐姐虽然讨厌口若悬河的男人，自己却性格外向，喜欢交际，喜欢说话。她见到邻居总是会主动热情地打招呼，她很容易就能找到话题与陌生人展开深入的交谈。而身体单瘦的妹妹虽然迷恋活泼健谈的男人，自己却性格内向，不善交际也不好交际。她在外面总是低着头，总是迈着匆匆的步伐，好像总是怕被人看见。她从来不与邻居点头致意，更不要说做深入的交谈了。两姐妹唯一的共同之处是都长着非常漂亮的面孔。但是她们的漂亮也给人对立的感觉：姐姐漂亮得就像是触手可及的风景，让人感觉亲近，而妹妹漂亮得就像是一幅油画作品，让人感觉疏远。正是因为姐姐的外向，邻居们才知道了这两姐妹的来历。她们来自杭州。两年前，在她们的父亲突然因心肌梗死去世之后，两姐妹离开了她们脾气暴戾的母亲，一起来了这座陌生的城市生活。她们很快就都找到了与从前类似的工作：毕业于财经专科的姐姐在一家保险公司当会计，而毕业于美术学院的妹妹在一家广告公司做设计。

姐姐最后选择了“可靠”的男人。妹妹虽然对姐姐的选择极为失望，却还是接受了为姐姐布置新房的任务。她碰巧还得到了她最好的朋友的帮助。妹妹最好的朋友是上海一家时尚杂志的美术编辑，在刚开始考虑新房的布置方案的时候，她正好在这座城市出差，新房的许多细节都是她们反复讨论的结果。她们是从前的邻居。她们是从幼儿园一直到大学的同学。她们是亲密无间的朋友。她们彼此之间从来就没有秘密。妹妹一边与她讨论新房的细节，一边嘲笑姐姐的固执愚蠢和姐夫的乏味懦弱。她的挖苦逗得她最好的朋友大笑不止。不过姐姐从来就不喜欢她们这位从前的邻居。她认为妹妹现在的思维方式和生活方式都是受了她的坏影响。她甚至认为妹妹在交女朋友和找男朋友的问题上犯了同样的错误。她一点也不高兴妹妹与她们从前的邻居讨论自己新房的细节。

姐姐的新居离两姐妹合租的公寓不远。姐姐这样选择新居的位置主要是出于对妹妹的关心。她不放心妹妹的思维方式和生活方式。她不喜欢她交往的那些男女朋友。她相信住得离妹妹近一点能够保护妹妹，或者至少能够减低妹妹犯错误的风险。她的丈夫对新居的位置当然没有意见。他在结婚之后一如既往，对她还是百依百顺。在某些方面，他甚至比从前做得更加突出。比如在结婚之后，他变得越来越讨厌出差了。每次看着他挖空心思地搜寻逃避出差的理由，姐姐就觉得非常开心。她知道他在乎他们的婚姻生活。她知道他在乎她。她不会忘记那一次他带她去参加他们公司组织的春游。她记得活动的最后在那家著名的川菜馆聚餐的时候，公司的老总坚持要他们坐在他的身边。表情和善的老总那天的话特别多。他说着说着突然问自己的下属是用什么手段将这样漂亮的老婆“搞到手”的。她记得她“可靠”丈夫的脸一下子就涨得通红，就像他第一次面对着她关于孩子的提问时一样。他低下了头。他没有回答老总的问题。“打江山难，守江山更难啊，”老总语重心长地说，“下次我教你关键的几招，一定很管用。”他的话引起了大家的哄笑。但是，她“可靠”的丈夫没有笑。她从他皱起的眉头里看到了他对她的在乎以及他的“可靠”。他后来再也没有带她去参加过公司组织的可以带家属参加的活动了。她知道他这样做是出于对她的在乎。她陶醉于这种在乎。她陶醉于自己在两个男人之间做出的正确选择。

婚姻让姐姐变得更加漂亮了，连妹妹也这么说。婚姻也给她的丈夫带来了不可思议的好运。他很快被提升为部门经理。他领导的部门很快就成了整个公司的支柱。公司的老总很快又找他谈话，通知他公司已经准备将他的部门与另外的两个部门合并，合并后的新部门还将由他来负责。公司的老总还特别强调，这只是过渡性的安排。他从老总接下来的那几句话里面听出来，他的下一个职位将是公司主管业务的副总。他的业绩还得到了一位“老领导”的赏识。他是公司的三位创办人之一，后来又调到省政府的经济委员会工作。他已经离休好几年了，却仍然十分关心自己当年参与创办的经济实体，每年都要回公司来指导工作。公司最有能力的部门经理给他留下了极深的印象。第一次接触听完他简短的工作汇报，他就俯在公司老总的耳边说："这样的人才值得重用。"

丈夫在事业上的成功并没有影响到姐姐对他的感觉。她依然觉得他非常"可靠"，甚至应该说她觉得他比以前更加"可靠"了，因为他的成功带来了他们家庭经济状况的提升。的确，他的话比从前多了一点，但是他的举止还是那样卑微，他对她还是百依百顺。当她被确认怀孕之后，她提出不想再上班了，她只想在家里做专职的妻子和母亲。"可靠"的丈夫对这提议没有任何异议。他还问她，在孩子出生之前他们是不是应该在附近找一套大一点的房子。她很高兴他们想到一起去了。她更高兴他主动地提出了这个建议，显得很有主见。

他们的女儿继承了她五官上全部的优点。她如释重负。她兴奋不已。在女儿满月之后，她每天都推着她在楼下的花园里散步。她每天也至少要往丈夫的办公室打五次电话，向总是忙得不可开交的丈夫报告他们女儿细微的长进或者轻微的不适。她的丈夫如果实在没有时间细听她的电话，也一定会在忙完之后打电话过来，仔细询问他们的女儿最新的情况。她将女儿当成是上天对自己在两个男人之间做出的正确选择的回报。她称她为“小天使”。她相信这是最“可靠”的回报。

聪明漂亮的姨侄女让妹妹最终原谅了姐姐的选择。她每隔两天就会抽空过来看她。她也渐渐开始接受没有什么意思的姐夫了。她发现他比从前爱说了许多。他有时候会津津乐道地谈起自己公司正在开发的新楼盘。他有时候会滔滔不绝地谈起自己女儿的新表现。他对她姐姐的体贴和照顾更是让妹妹有点怀疑自己选择男朋友的标准。姐姐看出了妹妹的怀疑，她趁机提醒她尽快找一个“可靠”的男人结婚，而不要整天都做不切实际的梦。“你看，将来自己也生一个这样聪明漂亮的小宝贝多好啊。”姐姐用充满幸福感的声音说。

姨侄女也成了妹妹与她最好的朋友之间最重要的话题。她们每个周末都会通一次很长的电话。她们在每一次通话中都会认真讨论“小天使”的成长和变化。妹妹甚至专门买了一个很精致的速写本，用来记录姨侄女天真的姿势和表情。她最好的朋友嘲笑她这是在为自己将来做母亲做准备。“是不是遇到‘可靠’的男人了？”她用调侃的口气问。妹妹的回应与她对姐姐前面那句话的回应是一样的。她说有这么可爱的姨侄女，自己还要孩子干什么！

妹妹按照自己的审美品味打扮“小天使”。她为她花钱的时候从来没有任何犹豫。而操办姨侄女的生日会更是妹妹的专利。前两次生日会让姐姐姐夫都非常满意。在“小天使”三岁生日快到的时候，姐姐问妹妹又有什么特别的安排。那天正好是周末。妹妹说她打算在海边的度假村里租一套公寓，在那里庆祝“小天使”的第三个生日。姐姐觉得那是一个好主意。不过，她不高兴妹妹要请她最好的朋友一起参加生日会的想法。“她从香港出差回来，那天正好会路过这里，”妹妹坚持说，“她一直就很想见见被我吹上天了的‘小天使’。”

但是，看到自己的姨侄女那么喜欢从“海上”来的阿姨，妹妹自己也有点不太高兴了。她纠正了好几次，说阿姨不是从“海上”来的，而是从“上海”来的，她的姨侄女却怎么也改不过来。她最好的朋友让她不要再纠正了。“你说得对，阿姨就是从‘海上’来的，”她说，“等一下，阿姨还带你去海边玩好不好？”她的话让“小天使”心花怒放。她对摆在跟前的生日蛋糕都没有一点兴趣了，她不停地问还要等多久才能带她到海边去玩。两姐妹怎么劝说都没有用。姐姐示意了自己的丈夫一下，他马上也劝说了几句。当然，那同样毫无用处。最后还是从“海上”来的阿姨出面才将“小天使”说服了。她同意吃完了生日蛋糕再到海边去玩。

姐姐看着自己的小女儿很快就将分给她的那一份蛋糕吃完了，心里很不高兴。她看到自己的丈夫、妹妹和“小天使”一见钟情的阿姨也都很快吃完了，心里更不高兴。她自己只吃了小小的一口。当“小天使”又嚷嚷着要去海边玩的时候，她说她有点累了。妹妹看出了姐姐的不高兴。她没有表现出对“小天使”的支持。而她最好的朋友虽然已经做好了出门的准备，也站着没动。姐姐的目光落到了对自己百依百顺的丈夫的身上。她没有想到他的反应会与她的期待完全相反。“既然已经答应了孩子，最好还是……”他喃喃地说。

他们刚走进沙滩，妹妹最好的朋友就迫不及待地脱掉了鞋子和袜子。她开心地在沙滩上翩翩起舞。“小天使”也想学着她的样子将鞋袜脱掉。她的母亲严厉地制止住了她。她从来就不允许她光着脚走路，哪怕是在沙滩上。在她看来，那是既不文雅又不卫生的行为。“今天是你的生日，”她严厉地说，“不能把身上弄脏了。”她的丈夫在她背上轻轻拍了一下。她清晰地意识到那不是对她的支持，而是与她的交涉。她紧张地看了他一眼。“今天是孩子的生日，”他喃喃地说，“就让她破一回例吧。”

妹妹用费解的目光看了看姐姐和姐夫。她觉得他们两人的情绪突然之间都发生了变化：一个变得紧张了，一个变得松弛了。她隐隐约约能够感觉到是什么导致了这背道而驰的变化。她一把抱起了自己的姨侄女。她不想事情变得更糟。

在前面不远的地方，妹妹最好的朋友已经从背包里取出了她特意带来的一块蜡染布，将它铺在了沙滩上。夜幕早已经降临，可是沙滩还有点温热，海风也还有点温热，潮水的声音听起来也有点温热。大家都在蜡染布上坐下之后，“小天使”一定要爬到从“海上”来的阿姨的身边。妹妹瞥了姐姐一眼，又瞥了姐夫一眼。她已经意识到他们情绪的变化与自己有关。她只想这特殊的日子赶快过去。她不想事情变得更糟。这时候，她听到她最好的朋友指着天空问："你看见天上的星星了吗？""小天使"点头说看见了。她接着又问："那你看见地上的星星了吗？""小天使"觉得这问题很奇怪。她看了看自己的父亲、母亲和小姨，他们像她一样，也觉得这是奇怪的问题。最后，"小天使"的目光又移到了从"海上"来的阿姨的身上。"你不知道地上也有星星吗？"从"海上"来的阿姨问。"小天使"摇了摇头。"那星星就是你啊，你是我们的小寿星啊。"从"海上"来的阿姨接着说。"小天使"兴奋地对着她的父亲、母亲和小姨大叫起来。她的父亲高兴地对她拍了拍手，她的母亲很不高兴地将脸侧到了一边，她的小姨尴尬地对她做了一个鬼脸。

他们继续坐了一阵之后，妹妹最好的朋友站起来，朝大海走去。"小天使"也站了起来，她想跟着她一起去。她的母亲一把拽住了她，用严厉的声音警告她不能去。"小天使"大声向从"海上"来的阿姨求救。妹妹最好的朋友停下脚步，转过身来。姐姐很不高兴地瞪着自己的女儿说："你喊她有什么用？！"她将"她"字发得很重，就好像她是不受欢迎的人。"小天使"哭着闹着，想挣脱开母亲的手。妹妹不知道应该怎么办。她将目光投向了她的姐夫。她没有想到他会用不大耐烦的语气说:“她想去就让她去吧。”

姐姐气急败坏地瞪了自己“可靠”的丈夫一眼。“你这是什么意思?!”她高声说。“小天使”趁机挣脱开母亲的手,朝从“海上”来的阿姨那边跑去。“不要让她碰到了水。”姐姐绝望地冲着妹妹最好的朋友喊了一句。

“你不放心就跟她一起去啊。”她的丈夫低声说。

“我才不去呢,”姐姐说,“那海水多脏啊,那么严重的污染。我才不会去呢。”

“那你需要我去陪着她吗?”她的丈夫低声问。

“你去干什么?!”姐姐十分不满地说,她觉得自己“可靠”的丈夫好像突然变了一个人。她推了一下自己的妹妹,让她赶紧跟过去。“我真是不放心你的那位朋友。”她十分不满地说。

姐姐看着妹妹最好的朋友在潮水里翩翩起舞,心里很不高兴。她看着自己的女儿在离潮水很近的地方,模仿着她的舞蹈,心里更不高兴。她看了自己的丈夫一眼。她看着他无忧无虑地望着大海的方向,更是不高兴到了极点。这时候,她听到她的丈夫低声说:“她今天玩得真开心。”

一阵苦涩的焦虑从她的意识深处穿过。那是她在两个男人之间做出正确的选择以来没有出现过的焦虑。她突然觉得自己“可靠”的丈夫好像变了一个人。

他们一声不吭地坐了一阵之后，姐姐开始不停地打哈欠。她的丈夫注意到了她的表现。“我去叫她们回来吧。”他说。但是，姐姐抢在他的前面猛地站了起来。“我自己去。”她说。她在沙滩上走了几步之后停下来，大声对自己的妹妹嚷嚷着让她马上将“小天使”带回来。

没多久，她的丈夫也站到了她的身边。她瞥了他一眼。她注意到他仍然目不转睛地注视着大海的方向。她还注意到他已经将那块蜡染布折叠好抓在了手上，而他的另一只手上提着妹妹最好的朋友脱下的鞋子。姐姐极为不满地冷笑了一声。她“可靠”的丈夫慌忙将鞋子和蜡染布又都放到了沙滩上。

妹妹很快就抱着“小天使”走了过来。她最好的朋友跟在她们的身边。姐姐从妹妹手里接过“小天使”之后，面带着厌倦的表情摸了摸她的裤腿，尽管她知道她根本就没有碰到海水。“你们这种疯疯癫癫的女人有哪个男人能够受得了啊。”她不满地说。她的女儿用小手抓了一下她的鼻子，“我不是疯疯癫癫的女人。”她说。“小天使”的反应把所有人都逗乐了。

妹妹最好的朋友回到上海的当晚就给她打来了电话。她谢谢妹妹的邀请和安排。她说“小天使”的确像她从前在电话里说的那样可爱。而妹妹发现自己已经没有一点兴致与她谈论自己的姨侄女了。她默默地听着，脑海里起伏着的都是姐姐对生日会的抱怨。姐姐说这是“小天使”过得最差的生日。姐姐还说今后不再要妹妹安排生日会了。妹妹没有将姐姐的抱怨传达给自己最好的朋友听。她承认自己这一次的安排有问题，但是她同时又知道自己的姨侄女那一天过得非常开心。她的感觉极为矛盾。

过了三个星期，妹妹最好的朋友又给她打来电话。她问妹妹在忙些什么，为什么那么长的时间没有给她去电话。妹妹的态度非常冷淡，她已经没有与自己最好的朋友交谈的兴致。她最好的朋友没有在意（或者是没有在乎）她的冷淡，她兴致勃勃地与她谈起了“小天使”。她居然知道“小天使”最近三个星期以来的一些表现。这让妹妹感觉极为不好。她没有问她是怎么知道的。她装着若无其事的样子。她甚至没有告诉姐姐自己的那种极为不好的感觉……直到那一天，三个月之后的那一天，她在全市最豪华的购物中心顶层的那家咖啡馆里，同时瞥见了她最好的朋友的侧影和她姐夫的背影。她马上给姐姐打去电话。她问她晚上有没有时间，她说她有要紧的事想约她出来谈谈。姐姐的回答让妹妹非常难受。她让妹妹去家里。她说她姐夫两天前到昆明出差去了，要过几天才会回来。

妹妹下班之后就直接去了姐姐那里。她要姐姐不要忙着做饭了。她在楼下的快餐厅买了盒饭上去。吃完饭之后，两姐妹一起推着“小天使”在楼下的花园里散步。她们东拉西扯。妹妹没有主动提起她下午的经历。姐姐也没有问她有什么要紧的事想与她交谈。回家之后，两姐妹一起给“小天使”洗了澡，并且一起哄着她睡觉。“小天使”临睡前又说了一些很有意思的话，妹妹没有一点将它们记录下来的心思。她帮助姐姐收拾好房间之后，姐姐突然建议她干脆就不要回家了。她说她可以与她一起睡在主卧室的大床上。妹妹没有反对。她遵照姐姐的吩咐先去洗了澡。然后，她在大床上躺下了。她想到那就是她“可靠”的姐夫平时睡觉的地方，觉得非常荒唐。姐姐上床之后，马上就关掉了床头柜上的台灯。她什么也没有说。妹妹注视着突然降临的黑暗，心里充满了负疚的痛感。“我觉得很对不起你。”她低声说。姐姐过了一阵才给出她的回应。她的回应让妹妹大吃一惊。“现在说这些还有什么用呢？！”她平静地说。妹妹用双肘撑起身体，看着紧闭着双眼的姐姐。“你已经知道了吗？”她问，“我后悔当初没有听你的话。”她说着，伸手碰了一下妹妹的肩膀，示意她躺下。

离婚之后，姐姐又搬回了两姐妹曾经一起合租的公寓里。她的丈夫在他们最后那一次关于离婚的争吵里说她什么都可以拿走，除了他们的“小天使”。而她什么都不想要，包括她倾注过无限心血的“小天使”。她对一切都失去了兴趣。她搬回来的前三个月里没有出过一次门。妹妹对她的状态非常担心。她劝她出去走走，哪怕只是为了呼吸一点新鲜空气也好。她无动于衷。妹妹又劝她重新去找一个工作。她还是无动于衷。妹妹又劝她重新去找一个男朋友。“爱是一种生命力。”妹妹说。她还是无动于衷。

三个月的禁闭和怨恨严重损伤了姐姐的身体，她的脸上已经浮现出了明显的病态。奇怪的是，那种病态不仅没有破坏姐姐的美貌，反而让她的美貌带上了更加迷人的气息。那天中午，她在镜子里打量着自己病态的脸。报复的激情突然从她生命的深处迸发出来。她有了起死回生的感觉。她告诉妹妹，她准备行动了。她说恨才是一种生命力。“你想报复谁？”妹妹不安地问。“谁伤害了我，我就报复谁。”她激动地说。“所有的报复都是对自己的报复，”妹妹说，“报复者自己最后肯定也是受害者。”姐姐完全不理解妹妹这句话的意思。她知道摧毁一个男人就是要摧毁他的自尊心。她说她要让背叛了她的男人在所有人的眼里都变得一钱不值。“我没有想到你会有这么邪恶的想法。”妹妹说。“这不都是你的错吗？！”姐姐愤怒地回应说。

她终于在一个星期五的下午出门了。她第二天中午才回来。她轻而易举地拿下了要向她前夫传授“守江山”的招数的老总，赢得了第一场行动的胜利。她在给他的电话里只说了半句话，他就完全清楚了她的意图。他让她等在她打电话的地方，他说他马上就过来接她。他将她接到了一家五星酒店的中餐厅里。他一边鼓励她多吃一点补补身体，一边认真倾听她被欺骗的遭遇。听完之后，他用轻蔑的口气谈论起了自己曾经非常器重的下属。他说他连最基本的道德品质都没有，根本就不配提拔做公司的副总。她显得很着急的样子说："工作和生活是两码事，该提拔就还是应该提拔。"他对她宽宏大量的品格大加赞赏。他说她还很年轻，没有必要为自己的前途过分烦恼。他说将来有什么困难就只管来找他，他愿意给她一切所需要的帮助。吃过晚饭，老总用有点不好意思的语气告诉她，其实他已经在酒店为她订了房间，如果她愿意的话，可以在酒店里好好放松一下。他说他第二天中午再来接她。而姐姐也用有点不好意思的语气说，如果他陪她一起放松的话，她就愿意在酒店住下。老总激动不已地拉起她的手，与她一起走进了酒店的电梯。电梯门刚关上，他就从她的身后用双手捧住了她的胸脯。他激动不已地告诉她，他想着这一天已经想了好几年了。

她的第二个目标是她前夫最得力的助手。她约了他好几次，那个比她小八岁的年轻人才同意出来与她喝咖啡。她很有策略，在交谈的过程中根本就没有提到自己的前夫。她不想让单纯的年轻人感觉到任何的压力。那个年轻人坦率地告诉她自己正在两个追求他的女孩子之间犹豫不决。她以姐姐的身份给他提了一些很中肯的建议。听完她的建议，年轻人说那两个女孩子他其实都不喜欢。她问他到底想找一个什么样的人。“我……”年轻人战战兢兢地回答说，“我只想找一个像你这样的。”她大笑了起来。“是像我这样蠢的，还是像我这样老的，或者是像我这样离了婚的？”她顽皮地问。年轻人腼腆地低下了头。她伸手过去握住了他的手。她问他愿不愿意与她一起去看一场刚上映的美国电影。他没有说愿意也没有说不愿意。她从口袋里掏出早就买好了的两张电影票。他跟在她的身后走进了电影院。她在电影开始大约十分钟的时候将手放到了他的大腿上。她能感觉到他全身顿时的僵硬。她看着他一动不动地盯着银幕的样子，心里觉得非常可笑。她在电影进行到一半的时候，试探着去拉动他牛仔裤上的拉链。年轻人还是一动不动地盯着银幕。接着，她用力地拉开了他的拉链……从电影院出来的时候，她问眼睛还是直直地盯着前方的年轻人，为什么前几次约他，他都找借口不肯出来。年轻人说他怕。她问他怕什么。年轻人说他怕丢了工作。“人家为了女人连皇位都可以不要，”她挖苦地说，“你真没有出息。”说着，她在他的屁股上狠狠地拧了一下。

她的第三个目标是她前夫极为尊重的那位“老领导”。

她没有想到她还没有开口诉苦，“老领导”就已经义愤填膺。他破口大骂她的前夫是虐待妇女的流氓和道德败坏的小人。他说他原来还以为他“值得重用”。他说自己这是第一次看错了人。“这真是一次非常严重的失误。”他深有体会地说。“老领导”的批评与自我批评将她感动得痛哭起来。而她的痛哭又让“老领导”更加激动。他抓住了她的手。他劝她不要伤心。他说她根本就不值得因为那样的流氓和小人伤心。“老领导”的关爱让她更加伤心了。她一把抓住了“老领导”的手，将它压到了自己的胸脯上。“老领导”兴奋地挪动了几下身体。然后，他一边老练地搓揉着她的乳房，一边更加语重心长地鼓励她一定要“挺住”。“老领导”的反应让她感到了报复的快感。她将“老领导”的手紧紧地夹在了两腿之间。“老领导”兴奋地在她的脸上亲吻起来。他一边亲吻，一边向她保证自己决不会放过虐待过她的坏人……在送她出门的时候，“老领导”对她说，不管有什么需要都可以来找他。她说她什么都不需要。“老领导”因此夸奖她不仅有漂亮的外表，还有美丽的内心。他说现在这个世界上像她这样的好女人实在太少了。他欢迎她常来家里做客。他说跟年轻人待在一起他感觉自己也年轻了许多。

她接着想到的是那位通信设备公司的“高管”。他的落选曾使“可靠”男人的自尊心得到的空前满足。她很有心计地约他到他第一次约她见面的那家咖啡馆见面。她先赶到那里，占到了他们第一次坐过的那张桌子。她没有想到这么多年过去了他还是那么英俊潇洒。她更没有想到他的性格发生了明显的变化。他已经不像当年那样自信了。他已经不再口若悬河了。他变成了一个很好的倾听者。她同样没有想到的是他居然记得他们在一起的所有细节。在谈论那些细节的时候，他怀旧的目光让她充满了懊悔。那种懊悔突然之间就改变了她对自己选择的“可靠”男人的态度。她突然就不再恨他了。她对他的憎恨顷刻间就变成了对他的蔑视。他只是她做的一个错误的选择，根本就不值得她去恨，她骄傲地想。她关于自己遭遇的倾诉也因为这种态度的转变而变得不那么伤感了。可是，她没有想到落选者还是非常伤感。还没有听完她的倾诉，他的眼眶里已经噙满了泪水。那闪动的泪水让她内心深处的懊悔变得更加强烈。她一边激动地盼望着他的安慰，一边想象着躺在他身边的浪漫。她相信他们在做爱的时候，他一定会要求有音乐的伴奏，比如维瓦尔第的《四季》……她没有想到她盼到的不是浪漫，而是深不可测的绝望。“对不起，”落选者伤感地说，“我现在帮不了你，我现在什么都帮不了你。”他没有进一步说明他“现在”的状况。她也不想知道。他与其他那些男人的不同态度已经足够了。他的态度深深地打动了她。她的懊悔变得更加强烈。她被那强烈的懊悔压得透不过气来。

她冲出了咖啡厅。她冲出了购物中心。她在这座城市最繁华的街道跑了几步之后，突然在一个公用电话亭前停下来。她拿起话筒。她按下了前夫新家的电话号码。这是在离婚之后，她第一次想与那个“可靠”的男人通话。她紧张地等待着电话被接起的声音。但是，她只等到了留言的提示。她将电话挂断。她望着从她身边走过的一对对陌生的男女（夫妻，情侣或者偷情者？），她感觉透不过气来。她重新按下了那个号码。在留言提示之后，她平静地对着话筒说：“你知道吗，我已经不恨你了，因为你不配我的恨。我们的婚姻是一个错误。我从来没有爱过你。我是因为觉得你‘可靠’才选择了你。那是完全错误的选择。我现在只恨我自己。我现在只有深深的后悔。”

但是，她并没有因为“不恨”而停止她的报复。她有一天在一家餐馆里遇见了她前夫生意上最大的竞争对手。她记得他前夫曾经说过他是他的“天敌”。她记得他每次与他较量之后的喜悦或者沮丧。她只见过他一面。但是，他却一眼就认出了她。他主动走到了她的餐桌旁。简单的几句交谈已经让他们非常投机。他们很快就清楚了彼此的需要。他约她第二天下午去他家里。他说家里很安静，因为他妻子带着孩子到欧洲旅游去了。她如约而至。他直接将她带进了卧室。在随后的三个小时之内，他四次将她带进高潮——那是她在婚姻生活中从来没有体验过的高潮。那是令她大开眼界的三个小时。那是颠覆了她的世界观的三个小时。在第一次高潮之后，她就彻底认识到了自己的错误。男人的“强硬”才是真正的“可靠”，她激动不已地想。那不可思议的“强硬”让她不再将自己视为受害者。她知道如果没有婚姻的失败，她永远都不会有机会体验到真正的“可靠”。而让她高潮迭起的男人向她承认说自己的“强硬”应该归功于她。他说她让他的自尊心得到了最大的满足。他说她让他相信他的对手不管在商场上赢过多少次，都只是一个失败者，一个根本上的失败者。三个小时的激情没有让他感觉疲劳。第四次高潮过后，他让她躺在床上休息，自己却去厨房为她做了很丰盛的晚餐。在晚餐的过程中，他们不断数落她的前夫。她惊喜自己又能够那样轻松，又能够笑得那样开心。她向他报告的“敌情”让他获得了极大的自信。当她说起他的竞争对手在床上一点都不行的时候，他用轻蔑的语气评论说：“一个连自己的老婆都开发不出来的人还开发什么房地产？！”他显然是忘记了自己这些年在与对手激烈竞争之中留下的那些难堪的记录。

姐姐没有能够实现自己全部的报复。经过五个多月的疯狂，她的身体已经触到了底线。她经常感到头晕乏力。她多次看到小便里的血迹。她发现视力在明显地下降。妹妹看出了姐姐的虚弱。她不停地敦促她去医院做一次全面的体检。但是，姐姐总是说没有时间，总是推脱……直到那一天，她坐着出租车回到小区的门口。付完钱之后，她发现自己居然没有下车的力气了。她最后在出租车司机的帮助下挣扎着下了车。可是，她自己刚跨出两步就一头栽到了地上。出租车司机将她送到了人民医院的急诊室。验血报告出来之后，医生让她立刻通知家属到医院来。妹妹赶到医院的时候，她已经被送进了特种病房。那里的负责人告诉妹妹，病人的时间已经不多了。同时他们希望妹妹协助他们追踪在过去的半年里病人与什么人发生过性关系。

妹妹马上将姐姐的病情报告给了与她们关系疏远的母亲。她故意没有说明她患的是什么“绝症”，但是，母亲马上就猜到了。她在电话的那一端破口大骂。她首先说她这是自作自受，接着又说她这是罪有应得。她说她不想再听到她的任何消息了。妹妹对母亲的反应好像早有准备。她平静地放下了话筒。接着，她又给自己最好的朋友的丈夫打了电话。他的反应远没有她的母亲那样激烈，就好像他对这消息早有准备。他冷冷地说“那个女人”的生死与他没有关系。他不会去看她，更不会允许“他”的女儿去看她。

妹妹独自照顾了姐姐三个月，又独自处理完了姐姐的后事。在姐姐停止呼吸的当天，她最好的朋友曾经打来电话问需不需要她帮什么忙。妹妹很干脆地说不需要。

那其实是很需要帮助的一天。那一天，妹妹一直忙到了午夜一点才回到了小区门口。她朝家里走的时候想的是赶快洗个澡，然后好好睡一觉，因为第二天她还要将姐姐的遗体送到火葬场去火化。可是，站到家门口之后，她突然觉得非常难受。钥匙从她的手里掉到了地上，她没有去将它捡起来，而是重重地坐到了门边的楼梯上。

她的哭声惊醒了住在楼上的那位剧作家。他开始还以为自己是在做梦。他走到门边，将房门打开一条缝。从下面楼道里传来的哭声让剧作家还是有做梦的感觉。他好奇地走下楼梯，走到了妹妹的身边。他问她出了什么事。妹妹没有回答。他又问她为什么不进自己的家里去。妹妹还是没有回答。

剧作家犹豫了一下，在妹妹的身边坐下了。一年前的一个类似的场面让他觉得自己仍然是在做梦。

剧作家在梦一般的幻觉中坐着，直到被突然刮起的凉风惊醒。他看了妹妹一眼。“你冷吗？”他提醒说，“马上要下大雨了。”

妹妹还是没有回答。

“我从来没有看见你笑过，”剧作家继续说，“我听说你笑起来很迷人。”

“你听谁说的？”妹妹问。

“你姐姐。”

“你们说过话吗？”

“说过一次，”剧作家说，“那都应该有一年了。时间过得真快。”

剧作家提到的时间让妹妹觉得有点奇怪。“那时候她没有住在这里。”她说。

“是啊。她是来找你的，”剧作家说，“差不多也是在这个时候。”

“我怎么不知道？！”妹妹说。

“因为她没有惊动你，”剧作家说，“她突然不想惊动你了，”剧作家停顿了一下，接着说，“她也像你一样坐在这里，也很伤心。”

“她说了些什么？”

“她说起了你。她说你的笑很迷人，很著名。”

“我的意思是她说了为什么那么晚来找我吗？”

“她没有直接说。但是她不停地重复两句话。我想她应该是感情上受了伤害。”

“两句话？”

“她说这个世界很荒唐，又说这个世界上没有任何‘可靠’的人。”

姐姐一年前在黑夜里重复的这些话让妹妹又伤心地哭了起来。“她已经走了……”她哭着告诉剧作家。

“去哪里了？”剧作家问。

“她再也回不来了。”妹妹说。

剧作家很紧张地看了妹妹一眼。“你这是什么意思？”他问。

“说起来都是我的错。”妹妹说。

剧作家刚想问她为什么，天空中响起了一阵沉闷的雷声。

妹妹颤抖了一下，用双手抱紧了自己的身体。接着，她瞥了一眼剧作家长年穿着的那件印有莎士比亚头像的T恤衫。“我读到了报纸上对你的专访，”她说，“在医院陪护她的时候。”

“她也读到了吗？”剧作家问。

“她那时候已经神志不清了。”妹妹说。

剧作家深深地叹了一口气。“如果她知道了我的身份，也许会更理解那天晚上我对她那个问题的回答。”剧作家说。

“什么问题？”妹妹问。

“人活着到底是为了什么？”剧作家说，“她的口气听上去是那样绝望。”

“是啊，我也想问这样的问题，”妹妹问，“人活着是为了什么？”

“对我来说，可能就是为了戏剧。”剧作家说。

“那我是为了什么呢？”妹妹焦躁不安地问，“她呢？她活着又是为了什么呢？”

“按照莎士比亚的说法，人生只是一场戏，”剧作家说，“那天我也这样告诉她。”

“那一定会是悲剧吗？”妹妹问。

剧作家的脸上现出了十分吃惊的表情。“你们这两姐妹真有意思，”他说，“你姐姐那天也问了同样的问题。”

“人生的戏剧一定是悲剧吗？”妹妹重复了一遍她和姐姐共同的问题。

“莎士比亚没有这么说。”剧作家回答说。

“那是谁为我们安排了这悲剧的角色呢？”妹妹问。

“我们？”剧作家怀疑地问。

“是啊，我们！”妹妹肯定地说，“也包括你。”

通往天堂的最后那一段路程

呵，多么悲惨！我们的生命如此虚飘，它不过是记忆的幻影。

《墓外回忆录》第二卷第一章

夏多布里昂

怀特大夫顺利渡过黄河之后，我父亲一直作为翻译在他的身边工作。在他去世前的那一天深夜，怀特大夫将他的一些私人物品托付给我父亲，其中包括他在西渡黄河之前写给他前妻玛瑞莲的信。怀特大夫解释说，这是他一生之中写给她的最后一封信。自从去年夏天闷闷不乐地离开马德里之后，怀特大夫就与他的前妻失去了联系。他甚至不知道她现在住在哪里。但是，他仍然不停地给她写信。怀特大夫说，不断地给他的前妻写信是他的一种生理需要。为了保证这种生理需要，每次开始写新一封信的时候，怀特大夫就会将前一次写好的信撕掉。这样，他就不至于因为积压而产生对继续写作的厌倦。我父亲后来将怀特大夫所有其他的遗物都交给了上级，但是，他留下了这封信。他这样做是因为他在整理遗物的时候读完了这封信。他非常清楚将这样一封信交给上级对怀特大夫没有任何好处。有很长一段时间，我父亲一直为自己的这种行为深感内疚。他甚至一度相信这是他一生之中犯下的最大的过错。直到他的晚年，直到他完全“觉醒”（他使用这个词的时候总是非常激动）了之后，他才意识到自己当年留下这封信是为中国和历史做了一件了不起的事情。他临终前将这封信交托给了我。他说他希望将来有更多的人能够读到这封信。他说他相信人们从这封信中不仅可以发现一个“另外”的怀特大夫，还能够见识一个真正高尚的人，一个真正纯粹的人……一个真实的人。

下面就是一九三八年三月二十七日到二十八日的深夜，怀特大夫在黄河东岸的那座小村庄里写给他前妻玛瑞莲的信。我的翻译参考了我父亲的一些注释，并且得到了一位不愿意暴露身份的语言学家的指点。

傍晚的时候，弗兰西丝在一次心不在焉的空袭中丧生了。你可以想见我当时的心情吗？你可以想见我现在的心情吗？我知道，你不可能读到我写给你的这封信，就像我不可能再面对你那一双神秘而温情的眼睛。但是，我隐隐约约地感到将来会有许多的人读到我的这封信。也许那已经是另一个世纪的传奇了。也许我的读者散布于全世界……也许其中的一位就生活在我们曾经共同生活过六年的那座迷人的城市里。你还记得圣丹尼斯街上的那家咖啡馆吗？你拉着我的手说你知道我总有一天会要离开你。我一直觉得，这种伤感的说法其实是你亲近我的一种方式，甚至可能是最直接的方式。我知道，你渴望亲近我，就像我渴望你的亲近。可是，不管人们多么“亲近”，他们其实总是要分离的，他们也总是已经分离的。即使我不去马德里，即使我不来中国，即使我们从来没有离开过我们在底特律的那座浪漫的小木屋，即使我们看上去那样难舍难分，我们其实已经“分离”。

我好像看见我的那位读者就住在我们住过的那座公寓里。那已经是下一个世纪了，比如二〇〇三年吧。那是我们的躯体永远也无法抵达的年份。那时候，世界上肯定还有战争。人们仍然会依靠战争来平息国家和党派之间的争端，来伸张其实永远只属于一方的“正义”。当然，那时候的战争也许更像是一场游戏。技术的优劣将成为决定胜败的关键。我看不清那位读者的脸，但是我想象他是一个中国人，就像现在生活在我周围的这些人。我与那个中国人相距六十五年。我们交换了我们的“祖国”。或者不用这个狭隘的词吧。你知道，我一直鄙视地理上的“祖国”。这是我从我们的家族继承下来的“知识”（或者说“病症”？）。你知道，我那位医术高超的祖父一辈子都生活在“寻找”的狂躁之中。他带领他庞大的家庭从一个国家走到另一个国家。他总是在寻找一种陌生的语言，一种他听不懂的语言，似乎只有生活在听不懂的人群里，他才能够抓住生活的意义，才保有对生活的激情。他曾经说，“祖国”就如同他已经无动于衷的妻子，他要靠“陌生”和“听不懂”的诱惑去寻找令他心潮澎湃的情人。我认同我祖父的这种“知识”：我们只有躯体的出生地，而我们的灵魂应该无拘无束，飘忽不定……在过去，在现在，在未来。它是虚无，又是一切。它也许是一张床。它也许是一束光。它也许是一段文字。它也许是一个瞬间。它也许是一阵痉挛……好吧，让我想象一下：那个未来的中国人远离他的“出生地”来到了我的“出生地”，就像我六十五年前远离自己的“出生地”来到他将来的“出生地”一样。我们不仅仅进行了一次地理上的交换，我们也交换了我们的时代。此刻，我正在想象他的时代，想象我的躯体永远也不可能抵达的二〇〇三年。而在我的想象之中，那个表情严肃的中国人正在阅读我们这个战火纷飞的时代，或者说是阅读关于我们这个时代的一种激情（或者伤感？）。你知道，我也同样鄙弃局限思想自由的“时代”。我们要借助想象冲破“时代”的局限。想象力是解放者。通过它，我们不仅成为我们自己，也成为我们的祖先，我们的后代，我们的主人，我们的奴隶……一句话，想象使我们成为人，真正的人。没有被想象力解放的生命是平庸的生命。想象力模糊了真实与虚构之间的界限。它形成的“模糊地带”正好就是生活中的华彩。这就是为什么阅读对我们如此重要的原因。一个好的阅读者就是生活的测量师。我相信那个未来的中国人就是一个好的阅读者。他会在阅读的时候加入自己的想象。我给你的这封信会被他当成我创作的另一篇小说（我知道你认为我没有一篇小说值得称道），而不仅仅是我内心世界的自然流露。你可以说这是误读。这种误读会让我对你的思念成为众说纷纭的谜团。这误读并不是“时代”之间的隔阂造成的。因为我知道，其实根本就用不着等到下一个世纪，也根本就用不着去等待那个还没有出生的中国人，在我们自己的时代，巨大的鸿沟就已经存在。我的一举一动都在遭受同时代人的误读。我内心世界的自然流露可能只会被一部分人相信，而在另外一部分人看来，那可能暴露的正好是我的伪善。比如你吧，你就肯定不会相信我因为你而遭受的折磨，就像你从来不肯相信我对你的爱一样。你总是说我对你的爱是抽象的“爱”，是没有具体的对象或者说没有“你”的爱。我记得第一次在爱丁堡约会你的时候，你就这样说。你的语气那样肯定，又那样沮丧。它将卡尔顿山顶上的寒风永远地留在了我的心中。也许我不应该一开始就那样坦诚地向你揭示我们关系的扭曲特征：我说这种关系很可能会给你带来“不幸”，但是绝对不会让你感到“平庸”。你的反应是那样的肯定和沮丧。你说你宁愿忍受平庸，也不愿意遭受不幸。这只是你给自己开出的一张空头支票。这只是你为我们共同的不幸预设的借口。你不可能忍受平庸。你会宁愿忍受我，可能会给你带来“不幸”的我。我从一开始就很清楚这一点。我也清楚这种忍受只可能最终将我们引向彼此的无法忍受。这是它唯一的方向……离婚摧毁了我，却并没有能够拯救你。这是我们共同的不幸。我们关于生命疯狂的体验是分离所无法冰释的。我们共同的生活还在继续，在谁也看不到的时间之中，在漫无头绪的想象之中，在没有节制的寒风之中。我们共同的生活将背负着分离的凄苦，伸延到我们生命的尽头。我理解你对我的渴望和怀疑。我理解你疯狂的逃避和抗拒。我自己也经常会不相信，不相信我脆弱的生命所经历的这超出想象的一切，不相信从我的笔下自然地流露出来的记忆，不相信用语言封存的欲望、懊悔和思念……现在我已经听不到震耳的爆炸声，已经看不到飞溅的肢体和鲜血。现在，我的世界是如此寂静，静如虚空。我已经感觉不到对生命的恐惧和厌倦，也感觉不到时间的追赶和威胁。只有绝望的文字在陪伴着我……不，还有疼痛，绝望的疼痛。我不清楚是我的痛觉在触摸这不断涌来的文字，还是这些文字在触摸我好像永远也无法消除的痛觉……

傍晚的时候，弗兰西丝在一场心不在焉的空袭中丧生了。只有两架日军的飞机参与了这一次空袭。我们离开汉口已经五天了。我们已经到达了黄河的东岸。我们比原计划提前了七个小时。这意想不到的“提前”使我们在横渡黄河之前能够有这一段惬意的休整。而我可以利用这个空隙给你写下这封感情冲动的长信。最近每次给你写信，我都觉得自己在写的是最后的一封信。现在，这种感觉似乎更加强烈，尽管我知道渡过黄河之后，去西安的一路上都不再会有什么特别的危险。在我的期待中，西安首先是一个澡堂。我们的领队几次说过，到了那里，我们就有机会洗一个热水澡了。我们的领队是一个性情温和又非常乐观的人。如果我当面向你提到他的这种性格特征，你一定马上就会说我应该向他“学习”。你总是这样。你从不会放弃任何一次羞辱我的机会。我接受你带给我的这种“不幸”，因为你是我的暴躁性格和悲观情绪的受害者（其实我自己不也是一个受害者吗？），更因为我爱你，深情地爱你，疯狂地爱你，宿命地爱你，不得不爱你……伤害也许是爱情的属性，或者说是爱情的需要。我们这么多年来的互相伤害令我们的爱情如火如荼、刻骨铭心，即使到了我们的身体终于完全分离的此刻，仍然是那样如火如荼、刻骨铭心。我们的领队对他的革命充满了信心，因此也就对生活充满了信心。而我是因为不再相信平庸的生活，才投身到革命事业中来的。两年前，在我出发去马德里的那天下午，我就向你解释过这一点。你一定还记得。我记得你当时用右手托着我的脸，目光显得那样的无奈。你好像想告诉我，你救不了我，或者说是你害了我。不！我们都是受害者，对完美的贪婪和疯狂使我们成为受害者……我们的领队对胜利也充满了信心。他说胜利之后他就可以回家去看一看了。我猜想在他的家乡，他不仅有亲人还有爱人，因为每次谈起“家”的时候，他的目光中就会闪过一阵深深的欲望和孤独。那是只有我这种疯狂地爱过又被疯狂地爱过又远离了疯狂的爱的男人才能够捕捉到的欲望和孤独。两天以前，他与弗兰西丝在行军的途中讨论起了中国唐代诗人李商隐的一句诗。对“家”满怀深情的领队突然感叹说汉语中有许多让他感觉神秘的词语，比如“回归”。在他看来，“归”是一种心理的嬗变，饱含色彩和细节，而“回”指称的只是空间的迁移或者时间的流转，呈现的只是粗略的事实。我不喜欢这种很容易令人怀旧的讨论，因为我害怕时间。你还记得我们许多关于时间的讨论和争论吧。我说时间是一去不复返的“箭”，而你说时间是不断完成不断重复的“圈”。我记得有一次争论的结果就是你拒绝与我做爱（我当时用一个粗俗的比喻悄悄地缓解了自己的失望：我心里说，你是拒绝让我的“箭”射入你的“圈”）。其实不管时间是什么，在我看来，“过去”都是对生命的嘲弄。当我说我爱你的时候，我不是说我曾经爱过你。我是说我仍然爱着你。你的呼吸仍然惊动我的听觉。你的柔弱仍然颤动我的抚摸。你的忧伤仍然感动我的注视。你的迷惘仍然激动我的想象……我是说“此刻”。我是说此刻我正在爱着你。尽管我不知道你此刻的方位，但是我知道，我的灵魂始终与你的灵魂缠绕在一起，你永远是渴望我命中的靶心……你是吗？亲爱的，你为什么不回答我？为什么不告诉我你此刻的方位？你的沉默让我有时候会觉得你已经离开人世了，就像弗兰西丝那样。可是，这种恐怖的念头一点也不会令我屈服。我会用难以抑制的欲望驱散死亡的阴影，让你复活，让你重现，让你开放……让你为我而开放。我要。我要。我要你活着，尽管我甚至都不知道你的方位。我要你依然能够感觉到我如火如荼的欲望。

原谅我。原谅我用这种混乱的语言来表白自己。我记得在我们结婚之后不久的一次争吵中，你就指责过我语言的混乱，你指责说那是故意的混乱，那是我企图欺骗你的证明。你现在应该知道了，语言的混乱其实是激情的标志。你仍然是我无边的焦渴。你仍然是我无限的贪婪。你仍然是我茫无头绪的激情。

我们离开汉口已经五天了。刚刚离开汉口的时候，我们没有想到会出现后面的情况。一开始一切都很顺利。我们搭乘的火车先由京汉铁路北上，然后沿陇海线西行。火车前面的车厢非常拥挤，挤满了难民和伤兵。而我们使用的是加挂在火车尾部的邮车，远比前面的车厢宽松。但是第二天凌晨，火车在一个小站停下来，不能继续前进了。因为有消息说前方的一个大站已经被日本军队占领。我们在小站滞留了大约八个小时。我们的领队到附近的几个村庄进行了一次很有效率的动员，组织起了一支由四十二架平板车组成的运输队。每一架平板车由三头毛驴拉动。我们就这样将我们的物资装上平板车重新出发了。我们的领队已经对路线做了仔细的勘察，我们将沿着一条坎坷不平的土路一直走到黄河的东岸。

这一天的天气非常晴朗。我走在队伍的最前面，感觉自己就像是一部莎士比亚戏剧中的主角。表演的畅快沁透了我的身心。那是自去年夏天离开马德里以来从没有出现过的畅快。你知道我突然想起了什么吗？我想起了麦克白斯听到他妻子死讯时的那一段独白。啊，“生命不过是行走的影子。”我想这也许不是一种悲叹。那“毫无意义的喧嚣与骚动”也同样可能不是一种责难。我的生命就是需要喧嚣与骚动的生命，这一点你应该比我自己还清楚。同样，我也就是行走的影子。你也是。我们曾经行走在爱丁堡、伦敦和巴黎。我们曾经行走在底特律、多伦多和纽约。然后，我又怀着对你的欲望和思念独自行走在莫斯科和马德里的大街小巷。现在，我又来到战乱中的中国，行走在杂乱的城市和凋敝的乡村。我的一生都将在喧嚣与骚动之中行走。而这还只是行走的一种形式。还有另外的一种“行走”，一种更重要的“行走”在推动着我的生命，你知道的。这就是内心的行走，思想的行走。在过去的三十年中，我从基督教走向了无神论，又从无政府主义走向了共产主义。只有这种不断的“行走”能够防止我极端的心灵迸裂成疯狂的碎片。

但是，我畅快的行走被飞机的喧嚣声打断了。我回过头去。我看见的是一片混乱的景象。我们的队伍已经溃散了。所有人都惊慌失措地冲进道路两侧的农田。我也很快趴倒到农田边的一条小土沟里。一架日军的飞机朝我们的运输车队俯冲过来。它在队伍的前面扔下了四枚炸弹，又在队伍的尾部扔下了四枚炸弹。一共有五架日军的飞机参与了这一次看上去就像是即兴的空袭。轰炸结束之后，我穿过混乱的人群，奔向运输车队的尾部。我想马上知道弗兰西丝的情况。完全出乎我意料的是，车队的尾部这时候已经变成了一个急救中心。弗兰西丝正跪在地上紧张地处理着伤员的伤口。她的头发和面颊上都布满了灰尘，她的全身都沾满了血迹。但是，她显得非常沉着和镇静。她的动作肯定果断，又有条不紊，没有丝毫差错。我在她的身边跪下来，想帮她做点什么。但是，我的身体突然颤抖起来……不是因为恐惧，而是因为惊奇。我突然觉得这个跪在我面前，身上布满尘土的女人是你。也就是说，我突然觉得我的身体再一次贴近了我的欲望、我的贪婪、我的一切、我的虚无……你知道吗，我曾经无数次梦想过我们会有一次血与火的旅行。这也许就是我说的将要带给你的“不幸”。可是我们一直没有。我们共同的生活中有迷人的温馨和烦人的争吵，却没有尘土与硝烟、血与火。我只能在缥缈的梦幻中去品味我带给你的“不幸”。

弗兰西丝毫无表情地看了我一眼，冷冷地说：“这不是马德里。”然后，她又继续埋头包扎伤口。她冷冰冰的话令我清醒过来。我知道，她的这句话起源于我们在跨越太平洋的枯燥航行中的那些交谈。她似乎非常同情我在西班牙的痛苦经历。那种同情让我将她当成了值得依赖的倾诉对象。我告诉了她一切，除了私生活之外的一切。战地记者的报道将我描述成一个临危不惧的人。事实上，一开始并不是这样。在马德里遭遇第一次空袭的时候，我其实非常紧张也非常恐慌。我在枯燥的航行中告诉过弗兰西丝这个小小的秘密。应该感谢她冷冰冰的提醒。那是她对我的误读。应该感谢她的误读。它将我从幻觉中唤醒。我看清了跪在我面前的女人不是你。这个身上沾满血迹的女人不是你。可是亲爱的，你在哪里？我不知道你此刻在哪里，跟谁在一起。我知道你迷恋温馨舒适的生活，或者说“正常”的生活。我知道我无法给你那种生活。我不想知道谁能给你那种生活，不想知道谁正在给你那种生活，天哪，我不想遭受这龌龊的想象的折磨……但是，我想知道你在哪里。亲爱的，此刻你在哪里？

除了人员的伤亡之外，这次空袭还令我们损失了三分之一的毛驴。有一头毛驴被炸掉了一只耳朵和一条腿，正躺在泥地里挣扎。包括领队在内的所有人都不知道应该怎样处理它。最后是我用手枪为它解除了痛苦（我在马德里的郊外有过两次类似的经历）。我们没有时间可以耽误了。有情报说，一支日军的机械化部队正朝黄河岸边开过来。我们必须在三月二十八日之前赶到那里，做好渡河的一切准备，否则卷带着沉重历史感的黄河将会成为我们的坟墓。

空袭之后的那一个夜晚我们在一座废弃的村庄休整。村庄里只剩下了一个双目失明的老太婆。弗兰西丝问她为什么没有逃离。她回答说她的生活已经不可能再坏了。她拒绝跟其他的村民一起背井离乡。老太婆家的两间土屋是这座被轰炸过多次的村庄里最奢侈的住处。我们的领队将弗兰西丝、布朗医生和我安排在那里（他对我们这些外国人总是特别照顾）。我非常疲劳，很快就睡着了。但是在深睡之中我突然感到有人推了我一下。我迷迷糊糊地睁开眼睛。我看见了黑暗中的那个人影。那是一个女人，她紧靠在我的土炕旁。我看清楚了：那不是你。那是弗兰西丝。我惊恐地坐了起来。我记得在底特律的时候，你经常在半夜惊醒，跪在我的身边，用你迷惘的目光注视着我，直到最后将我惊醒。亲爱的，你无声的注视可以将我从熟睡中惊醒，你知道你有多么疯狂吗？你知道我有多么疯狂吗？你知道我们有多么疯狂吗？……现在，我仍然能够感觉得到你那深不可测的忧伤。那忧伤到底源于什么？那连如此疯狂的爱都不能驱散的忧伤到底源于什么？……我看不清楚弗兰西丝的表情。我伸手过去扶着她的腰，示意她在土炕边坐下来。我感觉到了她身体的冰冷和颤抖。我问她出了什么事。她机械地摇了摇头。我用另一只手抚摸着她仍然布满灰垢的头发，问她到底出了什么事。弗兰西丝突然失声痛哭起来。我轻轻地抱住她，哀求她告诉我到底出了什么事。在这样深的夜晚，在这样一个与我们的记忆和我们的痛觉没有太多关联的地方，我不知道一个女人会因为什么而如此伤感。何况这是一个在战场上表现得那样勇敢的女人。弗兰西丝哭得很放肆。她好像是要用她的伤感来羞辱这陌生的夜晚。她一边哭着，一边断断续续地向我叙说她下午的感受。那已经不是她第一次经历血腥的场面了，可是那种场面总是带给她坠入了地狱的感觉。她说她害怕极了。她说她每次都害怕极了。

傍晚的时候，弗兰西丝在一次心不在焉的空袭中丧生了。只有两架日军的飞机参与了这一次心不在焉的空袭。飞机好像是在返航的途中偶然遇见我们的队伍的。在汉口就与我发生过多次争吵的布朗医生一开始也在我们的队伍之中。我的这位同行是圣公会派来的传教士。他对无神论的敌意已经到了疯狂的程度。他年轻时在多伦多曾经与我父亲有过一些接触。他好几次故意强调说他非常敬重我的父亲。这是他对我的挑衅。这是他对我的叛逆的挑衅。他知道我跟我的家庭著名的决裂。他知道我无法忍受那个家庭虚伪的信仰和道德。我是一个艺术家。我是一个无神论者。我不能接受“罪”的假定。我无罪。在我们离婚之前，你也经常表达你对我的“无法忍受”。所以，你一定能够理解我对他们的“无法忍受”。可是，布朗医生不可能理解。我总是努力避免跟他谈话，因为我们所有的谈话都一定会演变为争吵。布朗医生对我显然也没有什么兴趣。因为他能够讲流利的汉语，他是我们的队伍中最受欢迎的人物。我曾经非常嫉妒弗兰西丝与他的相处，嫉妒他们在英语和法语之外还拥有第三种共同语言。当他们用汉语谈笑风生的时候，我感觉自己是一个被命运再次抛弃的男人。有一次，我甚至盼望有一场突如其来的空袭打断他们的交谈。后来，我发现我的嫉妒完全是多余的。有一个十分生硬的词早已经为他们划清了界限。这个词就是“阶级”。

布朗医生对我最大的羞辱其实并不是他说出来的那些话，而是他从来不说，我却总是能够清晰地感觉到的“潜台词”：他那高贵的出身。他来自北美最富有也是最有权势的家庭之一。他们家族为历史贡献过不少著名的人物。而布朗医生可能是那个家族出产的最叛逆的人物。他鄙视财富又鄙视权势。几年前，他的祖父曾经给他留下过一笔惊人的遗产，而他却将它全部贡献给了他所属的教会。同样地，我也鄙视财富。可是，因为我从来就没有享受和拥

GUSTAV
KLIMT

有过巨大的财富，我的鄙视很容易被人误读，甚至遭人鄙视。在与布朗医生发生激烈争论的时候，我会憎恶自己竟与一个有这样背景的人享有共同的激情。这种激情让我们选择了同一块土地和同一段历史来延续（或者是考验？）我们的生命。而布朗医生似乎比我拥有更加广阔的天地。他是一个博爱的人。他的服务对象无所不包：国民党人、共产党人、普通民众甚至日本军人。谁都知道，他在南阳开办的那家医院在一天之内可以先后为所有这些人服务。从这个意义上说，他的手术刀是一把纯粹的手术刀，一把高尚的手术刀，一把有益于人民的手术刀。而我的手术刀同时还是我的武器。我会用它刺破日本法西斯军人的心脏，我会用它割断一切反动派的喉管。

我们在服务对象上的选择（或者说我的选择以及他的不选择）注定了我们在历史中的命运。布朗医生是注定要被历史中摒弃的。而我，如果我们领队的信心可信的话，我将与共产党人的胜利一起被写进历史。这种胜利将给予我“永垂不朽”的特权。我有可能会成为“纯粹”和“高尚”的象征，并因此而成为在这个国家家喻户晓的人物。你觉得这很荒谬吗？你一直都不信任的人却得到了亿万人民的信任……这就是历史。在我看来，全部的历史都是用误解写成的。你知道我从来就没有想到过要成为家喻户晓的人物。我像鄙视财富一样鄙视名声。我是因为你或者说因为失去了你，因为对你的疯狂的爱，因为这种爱的折磨，因为这种爱引发的痛苦和绝望，才不远万里，来到这个国家的。如果我真的成了一个家喻户晓的人物，那肯定是我的悲剧。那意味着我最终还是没有得到我苦苦追寻的自由。当我被奉为英雄的时候，我实际上就遭受了布朗医生同样的命运："我"就从历史中消失了……那个在你的怀抱中活生生的"我"，那个在你的身体中活生生的"我"，那个在你的忧伤中活生生的"我"，那个令你激动不已又痛苦不堪的"我"。亲爱的，你知道，我只想成为你一个人的英雄。

弗兰西丝的选择不像布朗医生的选择那么费解。她出身于一个贫苦的家庭。她对苦难有天然的认识和朴素的感情。而我的"阶级"正处在他们两者的"阶级"之间。我们三个来历如此不同的人，居然来到了同一个古老的国度，居然走在了同一条乡间小路上，同一支由毛驴拉动的平板车队中……这也许就是"上帝"的设计？不，我是无神论者。我不相信这是精致的安排。我认为这只是荒诞的巧合。我们只是任凭历史摆布的棋子，而历史的棋局竟是如此荒诞。

在弗兰西丝失声痛哭的第二天深夜，我们的队伍在一片小树林里宿营。不知道为什么，弗兰西丝、布朗医生和我都没有睡意，我们就围坐在一起谈起了我们在地球另一侧度过的童年。布朗医生很谦逊，他说起话来慢条斯理。听得出来，他在叙述中有意省去了许多可能会刺痛我们自尊心的生活细节。而因为我主要想表达的是对家庭的憎恶，也同样需要故意跳过许多日常生活中的“幸福”场面。相比之下，弗兰西丝显得最坦率。她一点也不掩饰她童年生活的窘迫。她甚至说，每次回忆起童年的生活，她都会有一种进到了天堂的感觉。

就这样，“天堂”进入了我们的话题。你当然知道，布朗医生的“天堂”是唯一的和永恒的。那是他的信仰中的一个“地名”或者说是“极点”。它是我们死去之后，也就是我们的灵魂与肉体相分离之后，灵魂的一个去所。这个去所是对“信”的奖赏，是对“善”的奖赏……因为还存在着另一个惩罚性的去所，进入布朗医生的“天堂”

是需要门票的。没有得到门票的灵魂就将在“地狱”接受永恒的惩罚。在布朗医生看来，对和错、善和恶、真和假，信与不信等等都存在着明确的对立，就像亚里士多德的形式逻辑法则规定的那样。而“天堂”和“地狱”的对立就是所有这些对立的裁决形式。你当然知道，我对这种高高在上的来世的“天堂”从来就没有什么好感。你应该还记得当我知道你在这一点上与我有同感的时候，我是多么的满足和兴奋。

而弗兰西丝的“天堂”却不是一个“地名”，也不是一个“极点”。当然，它也不是唯一和恒定的。它更不存在于来世。它如同流动的盛宴。它是她心灵与肉体共同的感觉。它是她全身心地投入的生活或者说生活中的华彩部分。在那里，所有的对立都已经消除。在那里，过去、现在与未来和谐地融为一体，时间就像是一棵长青的树……我想起了前一天深夜发生的奇迹。我想那座荒弃的村庄里的那间破烂不堪的土屋就是弗兰西丝生活中的“天堂”。在那里，她的眼泪流进了我的记忆。我突然抱紧了她。我的激情驱散了她的恐惧，将她从下午的地狱之中拯救出来。我们用英语和法语亲密地交谈着。在中国乡村充满焦虑的黑暗之中，我们像两只深海里的小鱼，在元音和辅音动人的组合里触到了生命斑斓的色彩以及心灵游弋的畅快。

你知道，作为一个坚定的无神论者，我其实对这个话题并没有什么好感。但是，生活中一个很神秘的细节将我猝不及防地推进了这严肃的讨论。在离开汉口的前一天深夜，我又梦见了你在卡尔顿山顶上的背影。你还记得吗，你轻轻地说，你想去抚摸那一排庄严的立柱？我梦见你的背影与那一排立柱缠绕在一起。我朝你谜一样的背影走过去。突然，我发现你飘起的围巾上闪动着一行晃眼的文字。我被那一道闪光惊醒了。我有点恐惧，又有点兴奋。我怀疑那一行神迹一般的文字是一部艺术作品的标题。一幅油画或者一篇小说？我已经很久没有摸过画笔了。我最后画下的你的身体标志着我整个艺术生命的终结。你知道那一次我的审美趣味建立在一种什么样的“逻辑”之上吗？我终于发现了我的作品与你的身体的关系。我觉得是你的身体来源于我的作品，也就是说，是你来源于我的艺术，而不是相反。这也许就是我们永远都无法割舍对方的原因，哪怕我们已经被我们绝望的焦虑分开了，哪怕我们的分离已经得到了法律平庸的承认，哪怕我们现在都不知道对方的所在……而如果那是一篇小说的标题，我就会更加感到羞愧。你对我的写作毫不留情的挖苦从一开始就让我无地自容。你还不知道吧，自从你批评我去西班牙之前完成的那部小说形式陈旧、内容浮浅，我就发誓再也不去尝试“小说”这种令我敬畏的艺术形式了。你的口气可能有点过分，但是你的批评并不是没有道理。我记得你有一次还批评我写的一部独幕剧里的人物爱憎过于分明。是的，我有过强的政治倾向和冲动。我的文学创作过多地受到了我的政治激情的影响。我承认，不管是小说、诗歌还是戏剧，多年来，我在所有这些方面的尝试都是失败的。而绘画不一样。绘画逼迫我沉默，因此我能发出的“声音”就更加丰富。我在用颜料和画笔创造你的时候，你不会被简化为政治符号或者道德准则。我从来不会在画布上将你表现为一位从人生的战场上凯旋的“战士”。你是一个女人，一个复杂的女人，一个与成功和失败无关的女人，一个渴望快乐又沉迷于忧伤的女人，一个无法用陈词滥调来美化或者丑化的女人，一个谜一样的女人，一个为诱惑并且只为诱惑做注释的女人……总之，你是我的女人，过去是，现在是，永远都是。亲爱的，原谅我这么说。原谅我仍然使用这粗暴的“所有格”。这是我的独白，不是对你的要求。你不需要为这语言的暴力尽任何的义务。你知道吗，我现在生活在地球的另一侧，可是我仍然经常回想起你在我作品中的裸体和你在我生活中的裸体。也许你真的是一位“战士”。我也是。当我们为冲击生命的高潮而奋力拼搏的时候，你是我的敌人还是我的战友？时间是我们的敌人。时间是。但是，时间也是我们的战友。我们身体的搏斗最后变成了我们与时间的搏斗……在巴黎的那些白昼和夜晚。在爱丁堡。在底特律。在多伦多……到处都有我们开辟的战场。后来，当我独自穿越带着血腥味的枪林弹雨的时候，我总是想起我们充满神奇和芬芳的肉搏：那是我们生命中永不凋谢的玫瑰。

为什么我又在这里突然谈论起艺术来了？我现在的状况与去年夏天离开马德里的时候完全不同了。那时候，我可以说是丧魂落魄，对自己和对革命都已经彻底绝望。在横渡大西洋的忧郁的航行中，我给组织写过一封很长的信。那是一封语气含混、结构混乱、思想矛盾、情绪波动的信。我在信中对西班牙内战的前景蜻蜓点水，对其他的现实问题更是避而不谈。但是，我却花大量的篇幅讨论起了艺术家应该过怎样的生活。我的论点自相矛盾：一方面，我强调艺术家应该过一种远离现实的悠闲生活，另一方面，我又认定艺术家应该比常人更善于行动和更敢于行动。这是一个失意的理想主义者典型的自相矛盾。那时候，我对现实灰心失望又念念不忘。我希望艺术能够扶助我沉沦的灵魂，也希望艺术能够成为我行动的天地和激情的归宿。现在的情况完全不同了。现在，我又重新回到了革命的洪流之中，又在现实的时空中找到了激情的归宿和行动的天地（有时候，我真觉得革命本身就是一种艺术）。可是，我为什么突然又像一生中最失意的时候一样滔滔不绝地谈起了艺术呢？难道绝望又在集结，难道我的身心又将遭受新一轮的重创？

傍晚的时候，弗兰西丝在一次心不在焉的空袭中丧生了。只有两架日军的飞机参与了这一次空袭。它们好像是在返航的途中偶然遇见我们的队伍的。我们听见沉闷的马达声马上就散开了，在道路两侧的农田里卧倒下来。不！还是回到我们讨论“天堂”的那个夜晚中来吧。为什么说“那个夜晚”？其实它就是昨天晚上发生的事，可是我觉得它已经发生很久很久了。我知道这是因为这两个夜晚之间隔着弗兰西丝的死……这让我无法接受的空缺是更深的黑暗，它改变了我对时间的感觉。我们都知道，有的时候，近的事物会远离我们，而有的时候，远的事物却又会朝我们逼近……因为记忆，因为期盼，因为绝望，因为伤感。记得我们在贝克莱故乡的那个下午吗？我们坐在一家街角的咖啡馆里从他的那句名言讨论起了人的感觉。我很高兴你同意我对“远”和“近”的看法：根本就不存在绝对的“远”和“近”。只存在我们感觉中的“远”和“近”。昨天晚上对我已经很远很远了，而我们在贝克莱故乡的那个下午却是那样的近。那距离我们已经有二十三年了吧……可是，我的心灵中依然残留着那个下午你的指尖的温度。它在我身体中掀起的波澜至今依然能够让我迷失方向。

与“天堂”相伴的这个夜晚非常安静，安静得就好像是在“天堂”本身一样。清凉的空气中夹带着沉缓的流水声。那流水好像想带走我们所有的烦恼和我们深深的疲劳。清淡的烛光扑打着我们的面孔。我们在看见对方的同时又好像看见了自己。布朗医生一大早就要与我们分手了。离我们的宿营地不远的那座小镇上有一座耶稣会的教堂。从很远的地方就可以看见那座法国式教堂的尖顶，它与四周中国乡村的环境很不协调。我们在天黑之后曾经去拜访过那座教堂。有两位属于法国外方传教会的传教士仍然留守在那里。他们告诉我们，小镇里的情况已经相当混乱。镇长两天前就已经携家逃走了。有消息说，日本军队很快将会从东面打过来。而教堂里面和周围都挤满了受伤的军人和逃荒的平民。整个小镇上只有一个“医生”，那其实是一个名声不好的兽医。他一直公开宣称传教士是魔鬼的使者，从来就拒绝与教会合作。教堂里的药品早已经用完了。那些伤员已经两个星期没有换过药了，他们包扎伤口的纱布大都已经发臭。这两位传教士已经没有什么事可做，但是他们仍然不打算离开。他们不知道日本军人会怎样处置他们。报纸上已经有过不少日本军人杀害西方传教士的报道了。但是，他们还是不打算离开。布朗医生向他们保证说自己可以在那里停留几天，帮助处理情况重急的伤员。

离开汉口前的那天深夜将我惊醒的那一行文字是“通往天堂的最后那一段路程”。它如同一道强光，从你飘动的围巾上一闪而过。它中间的“天堂”和“最后”两个词让我有一种极为不祥的感觉。我绝望地盯着客栈房间的天顶。我想我的死期也许不会太远了。这是我重新回到革命的洪流之后第一次想到自己的“死亡”。也许我不应该这样想。如果你在我的身边，你也许又会用手捧着我的脸，让我不要这么想。是的，我不应该这么想，因为我的“天堂”与死亡和来世没有关系。我的“天堂”是你，从来就是你，永远都是你。与布朗医生的“天堂”相似，它也是唯一的和恒定的。与弗兰西丝的“天堂”相似，它属于永远的现在，它永远只属于现在。它是我灵魂和肉体共享的家园。它是我生活中的华彩。当你消失的时候或者当我感觉不到你的时候，我就坠入了与这“天堂”对立的场所。亲爱的，如果没有你，这世界就是一座暗无天日的“地狱”……我绝望地盯着客栈房间的天顶。我怀疑那神迹一般的文字是一部艺术作品的标题。可是关于那部艺术作品本身，我没有从梦中得到任何的启示。我想它应该非常复杂，就像让我们痛苦不堪的爱。我想它应该经受得起无限的“误读”，就像让我们痛苦不堪的爱。

借着那神秘的宁静和光影，我向弗兰西丝和布朗敞开了我的“天堂”。我没有提到你的名字。我只是说，我的

“天堂”就是我的“爱”。我说我的“爱”就存在于这个世界上，却又是我的生命无法抵达的地方。弗兰西丝说我的“天堂”应该与她的“天堂”非常接近，但是“无法抵达”却让她无法理解。而布朗医生开始先是调侃我的神秘主义。他说芝诺应该以爱神厄洛斯为主人公补充一条关于“无法抵达”的悖论。后来，他又说，只有对上帝的“爱”才能够将我们带进真正的“天堂”。

我没有理睬他这种偷换概念的做法。不过我想，“无法抵达”的确会让“天堂”失去本来应该非常强烈的诱惑。其实，对很多人来说，“天堂”很可能就是一个具体的地方，比如我这一次漫长旅行的目的地，因为它标志着理想和激情的归宿。我从多伦多出发，环绕半个地球，来到了神秘莫测的中国。现在，我离我向往的目的地只有最后的三百公里了。自从去年秋天读到斯诺的作品，我的生活就有了新的方向，新的目的地。我终于从被迫离开西班牙之后的那种沮丧情绪中挣扎出来了。当然，我的欣喜之中经常会夹杂着一阵惶惑。我不知道我的想象与我即将目睹的“真实”之间是否会存在巨大的差距。只有爱是超越“真实”的，因为它在很大程度上就是一种想象，关于“和谐”或者“同一”的想象。而在革命圣地，许多的“真实”会令我不知所措。在马德里，我已经有过这样的经历。在莫斯科，我也有过类似的经历。你知道，三年前的莫斯科之行像十年前的肺结核一样剧烈地改变了我。十年前，我第一次站到了死亡的边缘，第一次看到了生命的荒谬。我没有想到奇迹会在绝境之中出现：我用在同行们看来是自杀性的激进发明挽救了自己的生命。我从死亡的边缘回到了人间。但是，我从此不再相信“平静”和“安逸”的生活，或者说我对实际的生活失去了兴趣。死亡是一种即兴的表演。生命随时都可能中断。从这个意义上说，生活中所有的“实际”都是不切“实际”的。我的转变就这样开始了。我开始热衷于各种形式的社会变革。我开始崇尚“毫不利己，专门利人”的生活。是的，也许正是这种生活放大了我们之间的隔阂，让你有了“不幸”的感觉。你终于无法忍受了。你终于离开了我。你说你在我这种革命性的生活方式中找不到自己的位置，找不到属于你自己的温暖。你有一次甚至用粗暴的语气对我说，“专门利人”其实就是最大的“利己”。这又是你惯用的语言暴力！你的这种说法让我觉得语言就像金钱一样是人类最异化的发明：它貌似服务于人的奴仆，其实却是喜欢肆意蹂躏人的暴君。你看你用一个简单的系动词，就在“利人”和“利己”这两个极端之间画上了等号。我还能说什么呢？你可以用这简单的肯定句去否定一切啊。亲爱的，你为什么要这样使用语言呢？你知道吗，你的这种说法给我带来的伤害是永远不可能治愈的。

后来我总是想，如果语言总是能够将一个词或者词组等同于它的对立面，背叛就是一切事物的本性，也就是最基本的“人性”，因为语言与事物互为镜像，而语言的特征来源于事物的特征，又决定了事物的特征。后来我总是想，人类的一切错误其实都根源于语言的错误或者语言使用的错误。我们既是语言的受害者，又是它死心塌地的同谋。

好了，还是回到我自己生活的逻辑中来吧。后来的莫斯科之行又一次剧烈地改变了我。我从一个单纯的理想主义者转变成了一个共产主义者。当然，关于莫斯科的想象与我在莫斯科目睹的真实之间还是存在着一定的差距。在那短短的几个星期时间里，我也已经看到了被视为是世界上最优秀的社会制度体内的一些极其危险的症状。也许是我的职业给了我这种敏锐。这是我回到蒙特利尔之后一度拒绝参加共产主义小组活动的重要原因。我说我还不够条件。其实，我是心存疑虑。但是，我的激情很快战胜了我的疑虑。我完成了向一个共产主义者的转变。后来在西班牙遭受排挤的经历也没有动摇我的信仰。有时候，我真的觉得“真实”是一个恶魔。它总是在伺机伏击我们纯洁的想象和崇高的理想。我不知道这恶魔的幽灵是不是也徘徊在中国的北方，徘徊在我心向神往的目的地。但是，我可以肯定，那“真实”的恶魔同样无法改变我对革命的信念。

我还没有来得及将“天堂”就是前方的革命圣地的想法说出来，我们的领队就走进了我们的讨论之中，并且给出了他自己关于“天堂”的看法。他的脸上总是闪烁着坚定的微笑。我记得那天在与弗兰西丝讨论李商隐诗歌的时候，他说他最不能够接受的情感就是忧伤。他说他总是生活在希望的阳光之中。这种阳光也总是照耀着他的“天堂”。他“天堂”的方位简单明确：革命的领导机关在哪里，他的“天堂”就在哪里。这正好与我最后想到的“天堂”就是“革命圣地”的说法完全一致。可是，我故意说，我觉得这样的“天堂”更像是布朗医生的那种，因为进入它需要昂贵的“门票”。我的说法令布朗医生非常气愤。他的脸涨得通红。他说将他的信仰与共产主义联系在一起是对他的侮辱。他拒绝将我的幽默翻译给我们的领队听。是弗兰西丝翻译了我的话。我们的领队没有生气。他坚定的笑声令那略带寒意的夜晚充满了善意。

连续两个通宵的谈话使弗兰西丝非常疲惫。早上重新出发的时候，我们坚持让她躺在一架货物不多的平板车上。弗兰西丝轻轻地闭着眼睛，但是她并没有睡着。我紧跟在平板车的旁边。我能够清楚地“看见”她迷人的呼吸。她的呼吸很深，而且充满了对生命的渴求。每一次呼吸之后，她的嘴角就会绽开一束顽皮的微笑。我不知道她是在呼吸阳光，还是在呼吸大地。也许她是在呼吸我？就像从前的你一样。她用食指梳理头发的动作令我想起你。一阵绝望的颤栗突然从我的身体里穿过。

布朗医生与我们分别的时候显得有些迷茫。他说如果我们不能够在地球上再见面了，将来也许还可以在天堂里重逢。他把“也许”说得很重，这强调令我非常敏感。等他走远了，我告诉弗兰西丝，布朗医生肯定认为与我重逢的机会不大，因为像我这样的人进天堂的机会非常渺茫。

“那只是他的天堂！”弗兰西丝不以为然地说。是的，我们穿过这凋敝的土地，经历这血腥的战争，忍受这巨大的寂寞，面对这极度的危险……这不同寻常的生活经常会让她体验到“天堂”的荣耀和惬意。我深情地扶着弗兰西丝的肩膀。我非常羡慕她的“天堂”触手可及，我非常羡慕这触手可及的“天堂”给她带来的绝对自由……我流下了庄严的眼泪。

我流下了庄严的眼泪，因为我的“天堂”遥不可及，从来就遥不可及。我的“天堂”是你。是你一次次将我从地狱般的痛苦中拯救出来，让我感受到进入“天堂”的荣耀和极乐。但是，分离始终笼罩着我们的爱。即使我们紧紧地缠绕在一起的时候，分离的痛苦依然在折磨着我们。这是我们疯狂的一个重要标志。是的，最后是你离开了我。你说你无法忍受我们的爱。你说你无法忍受我们对彼此的贪婪。现在，我连你到底在哪里都不知道，我甚至不知道你是否还“在”。我只知道，我们之间的距离会因为我绝望地朝向你的行走而越来越大，或者说通往“天堂”的路程会因为我的行走而变得越来越长。这很像是一个古希腊的悖论。它在用“无限”诱发我的绝望。

就在这个时候，我又一次被推到了地狱的边缘。我注意到前面的一个小兵走路的姿势非常奇怪，而且他每走几步就要停下来吃力地呼吸一阵。因为不断有难民和伤兵加入，我们这一队人的结构已经变得相当复杂。我不知道这个孩子是什么时候加入进来的。我快步赶到他的身旁。我发现他的脸色极为难看，而他的呼吸也已经非常细弱。他棉衣前后那两大块乌黑的血迹让我意识到了问题的严重。我要求他马上停下来。我解开他的棉衣。刹那间，一股剧烈的腐臭从他的身体里喷发出来。这是一个还不到十五岁的孩子。他所在的连队一星期前遭遇了日本军队的埋伏。他是唯一的幸存者。但是在激战中，他也被子弹击中。子弹穿过他的肺部从他的后背飞了出去。负伤之后，他不仅没有接受过任何治疗，也没有过完整的休息。他从尸体堆中爬出来，连续行走了两天之后，遇上了我们的车队。现在，他的第三肋骨以上的胸腔内已经积有大量的脓液，而他的心脏已经往左侧偏移了将近七个厘米。如果不是亲眼看见，我绝不可能相信会有这种幸存的奇迹。我安排他躺到一架平板车上。可是，这对他并不是合适的办法，因为路面坎坷不平，平板车不断地摇晃激起了这个孩子的剧烈咳嗽。

我找到我们的领队，问车队能不能停下来，让这个生命垂危的孩子稍稍休息一下。我们的领队没有理睬我的要求。我告诉他，如果得不到休息，这个孩子很快就会死去。而我们的领队说，如果车队停下来，我们大家就很快都会死去。我不想再说什么了。但是我不愿意看着这个孩子就这样死去。我回到弗兰西丝的身旁，想向她求助。我首先向她描述了这个孩子的情况。在说到他心脏偏移的状况时，我突然感到了一阵强烈的恶心。这是对“战争”感到的恶心。这是我第一次对“战争”感到的恶心。在用激进的疗法战胜了肺结核的病魔之后，我一直是战争的崇拜者，就像那些表现主义的艺术家一样（你知道我的画风也与他们非常相似）。我相信战争是颠覆平庸生活最理想的方式，是一种救赎，一种美。但是，我突然从一个不可思议地幸存下来的孩子的身上，不，应该是从一个不可能幸存下来的孩子的身上，看到了“战争”的丑恶。弗兰西丝紧紧地握着我的手。她知道我又一次被推到了地狱的门口。她知道我的幻灭。她也没有办法帮助那个生命垂危的孩子。她只能用她布满灰尘的注视抚摸着我绝望的心灵，让我不要掉进地狱的深渊。我又一次获救了。我又一次获救了。我用充满感激的语气告诉她，这获救让我想起了我的“天堂”，想起了你。弗兰西丝没有嫉妒。她仍然紧紧地握着我的手。她仿佛是在告诉我，这时刻也是她的“天堂”，或者我和她共享的“天堂”。

大概过了一个小时，我们的领队走过来告诉我，那个孩子已经断气了。他说没有任何人知道他更多的来历。他说他已经安排人将他埋在道路旁边的农田里了，就像对一路上死去的其他人一样。这时候，我想起我们在巴黎时一起去看访拉雪兹神父公墓的情形。我还记得站在肖邦的墓前时，你问过我的那个问题。那时候，我们多么年轻。除了墓地，恐怕没有任何事物能够向我们提示生活的极限。二十多年过去了，可是你的问题还像傍晚的空袭一样清晰。你问我将来想被埋在哪里。那时候，“中国”对我来说还只是一个语义贫乏的专有名词。我怎么也不会想到我将来会走进它，成为它的一个组成部分，并且为它添加新的语义。还记得我当时是怎样回答（或者说“回避”）你的问题的吗？我说，我会埋在你的身旁。你那时候笑得那样刻毒。我知道你一定不愿意。你已经受够了我的梦话和呼噜，你一定不愿意我继续影响你一直都很脆弱的睡眠。

现在，我们离得这么远。只有通过写作，我才能够让你听到我的声音。我还可以再回答一次那同样的问题吗？现在我知道我将被埋在中国……如果在到达目的地之前死去，我也会像那个孩子一样被埋在道路旁边的农田里。我的尸体很快将会在这贫瘠的土地中腐化。而我的灵魂（让我再一次背叛唯物主义）在下地狱之前会继续困扰你的身心。如果你将来有机会升入布朗大夫的“天堂”，我们就永远也不会有重逢的机会了。我们将在对立的场所忍受生后的寂寞，而我们曾经有过的生活，就将永远只是更加孤独的“记忆的幻影”。

我没有死在路上。我已经顺利地到达了黄河的东岸。再过一段时间，我们就要西渡黄河了。现在，我的确对“死亡”有强烈的预感，我知道我肯定不可能再回到自己出生的地方去了，我会死在这个对我来说是“命中注定”的国家。在我死后，我也许会拥有一块用这个国家的标准说来相当奢侈的墓地。也许每年的任何时候都会有许多的崇拜者从全国各地赶来为我扫墓。也许我会被神化为这个古老国家的英雄。可是，这里的人民不了解我，也不可能了解我。不是因为他们听不懂我的语言，而是因为他们不是你。只有你了解我。只有你能够了解我。只有你的了解才是我的渴望和荣耀。你知道，只有你知道，我寂寞的阴魂渴望听到的是一段莎士比亚的诗句，而不是那些平庸的扫墓者千篇一律的颂词。我渴望你来到我的墓碑前，用对我的听觉异常敏感的声音为我吟诵“分离是如此甜蜜的忧伤”或者“然而，我会用珍惜来伤害你”。只有你天籁般的声音能够安抚我焦躁不安的阴魂。

现在我就听到了你的声音。你在向我讲述傍晚时的那一次心不在焉的空袭，好像不是我，而是你经历了那昙花一现的历史，那“永远不可能从中醒来的噩梦”。只有两架飞机参与了那一次空袭。它们好像是在返航的途中偶然遇见了我们的队伍。我们听见沉闷的马达声马上就散开了，在马达两侧的农田里卧倒下来。飞机只是象征性地扔下了三枚炸弹就飞走了。可是，其中的一枚正好落在了弗兰西丝隐蔽的地方。我刚刚才知道弗兰西丝实际上是被炸成了碎块。当时，我们的领队不让我接近她遇难的地方。三个年轻的士兵将我按倒在地上。我声嘶力竭地吼叫着，像一头怒不可遏的困兽。灰蒙蒙的落日刺红了我的眼睛。我能够模模糊糊地看到不远处的农田里的那些忙乱的人影。我知道，弗兰西丝马上就会被埋葬在那里。

我们在天黑之前就进驻了黄河东岸的这座小村庄。天亮之前，我们将从离村庄不到一公里的那个渡口渡过黄河。在我刚刚安顿好之后，我们的领队过来为弗兰西丝的事向我道歉。我听不大懂他说的话，但是我知道他是在向我道歉。他没有必要这么做。如果我接近了弗兰西丝的那些碎块，又能够怎么样呢？我有再高的医术也不可能将那些碎块缝合起来，让弗兰西丝再一次撩动布满灰尘的头发或者再一次用温情的注视将我从地狱边缘拉扯过来。当时，日本军队离我们只有不到一百公里的路程了。我们必须“提前”赶到黄河东岸，与我们自己的主力部队会合。我理解领队当时的决定。他没有必要向我道歉。我甚至试图向他解释，对弗兰西丝来说，那毫无准备的死亡也许不是一个坏的结果。她完全来不及恐惧，刹那间就越过了生与死的界限。按照她自己的理解，这样的死亡也许就是生活能够给予她的最后的“天堂”。我们的领队当然听不懂我的语言，但是我相信他完全能够听得懂我的意思。他的眼睛里荡漾起了一阵深深的迷惘。这是我第一次看见他失去方向。这只是短短的一刹那，也许短得就如同弗兰西丝跨越生死界限的一刹那。然后，他就离开了。他将他的马灯留在或者是忘在了我炕头的小桌上。我就是借着这马灯微弱的光线写下了给你的这封感情冲动的长信。

其实现在我已经平静下来了。这是我刚才那一阵写作的风暴之后意想不到的平静。我突然觉得自己已经克服了对时间的恐惧。这也许就是所谓的“神性”吧。我这个彻底的无神论者居然也在自己的身上发现了“神性”，这算不算是生命的奇迹？现在，是这“神性”而不是我在继续给你写信。你听到了“它”对你神圣的眷恋吗？

渡过黄河之后的路就好走多了，我们的领队告诉我们，因为通往“天堂”的大门已经敞开。一路上，我们会遇见许多年轻的学生和知识分子。他们中间的许多人都懂英语。也许我将有机会与他们交谈，了解他们对革命的狂热和对未来的向往。我曾经说过，所有的激情都具有同一种颜色。这种颜色就叫作“青春”。许多年过去了，我仍然是青春期症状的奴隶。与爱情一样，革命也是我的一种生理要求。你知道这一点。你痛恨这一点。在你看来，革命和爱情是两种对立的激情。

现在的问题是我们还没有找到足够的船只。按照正常的速度，起码有三分之一的人员无法在日本追兵到来之前顺利摆渡到黄河的对岸。在这座村庄的西侧，再过几个小时，肯定会有一场恶战。那时候，我应该已经站在对岸的山堆上了，因为我被安排在第一批渡河。不需要任何的想象力就可以想到，这条在人类文明史上如此沉重的河流很快将再一次经受历史的沉重。

我已经听到了部队准备出发的嘈杂声。是结束我们“在一起”的这又一个漫长夜晚的时候了。刚才我稍稍休息了一下极度疲劳的眼睛，并且长长地吁了一口气。这时候，透过眼睑前的灰暗，我似乎看见了我们在底特律那间小木屋里的灯光。这么多年以来，这灯光一直在照亮着我生命的旅程。我一直怀着一种奇怪的信念，相信那在记忆深处闪烁的灯光其实是从你忧伤的灵魂深处发出来的光亮。我知道我很快就会死去。也许仅仅是因为一场荒唐的医疗事故，比如我有可能会在战地医院的一次手术中不小心划破自己的手指，结果引起了致命的感染……我死于什么并不重要，重要的是，我会死在异乡，我会死在这里。这是我的宿命。现在，我已经不害怕死亡了。你知道，在与肺结核搏斗的那一段时间里，我已经经历了死亡可以掀起的所有惊涛骇浪……其实，在哪里死去对我也并不重要，因为我属于你，因为你是我永远不变的“天堂”。

可是你知道吗，这“天堂”又是我绝望的根源，因为它拒绝我最彻底的抵达。通往天堂的最后那一段路程就好像是一条无限延长的路，就好像是对我永不终结的惩罚。你为什么要用这种“无限”来惩罚我？就因为我对你的爱从来没有给你带来过安全感吗？……我们的爱就像是深不可测的黑暗。它那样的和谐又那样的矛盾。它是现实世界不存在的黑暗。它是因为我们的相爱才出现的黑暗，它是只有我们才能看得见的黑暗。我知道我的“天堂”就在这黑暗的最深处。这就是为什么我总是在“寻找”你的原因：即使你就在我的怀抱里，即使我就在你的身体里，我的这种寻找也没有停止，也不会停止。

是的，我清楚地看见了我们在底特律那间小木屋里的灯光。那是我们的共同生活开始的地方。那是我永远也不会结束的“寻找”开始的地方。这么多年以来，我好像随时都可以在那张温馨的小床上躺下，躺在你的焦渴中，躺在你的梦呓中，躺在你的懒散中……我不知道时间会怎样来构造未来的生活。但是我知道，许多年以后，记忆会成为我们的伪装，荣誉会成为我们的伪装，误解会成为我们的伪装。我知道，在这个动荡不安的国家，我将被供奉为英雄，我将被戴上“高尚”和“纯粹”的桂冠，我将成为“毫不利己，专门利人”的典范。可是，你知道，我是一个多么“自私”的人呵！在这个世界上只有你知道，因为你就是我的所“私”，你就是我的“私”。你爱我，我爱你，我们一直都在用爱折磨着对方、折磨着自己。我们都知道，这种折磨就如同我的“寻找”和你的忧伤一样，永远都不会结束。哪怕我们的身体会被死亡吞没，哪怕我们的灵魂将被地狱与天堂分隔，这种难以忍受的折磨也不会结束。

还记得吗，在底特律的那张温馨的小床上，每次即将到达激情巅峰的时候，我总是要你告诉我，你是我的，从来都是，永远都是。现在，我不知道你在哪里，甚至不知道你是否还“在”……可是我仍然想听到你同样的倾诉：“我是你的，从来都是，永远都是。”通过这近乎绝望的倾诉，记忆中的幻影与生命融为了一体。这么多年了，你知道吗，一直是你的幻影在呵护着我脆弱的生命，我幻影般的生命……一直是。

我父亲告诉我，怀特大夫的所有手术刀上都刻着他前妻姓名的缩写。我父亲还告诉我，怀特大夫早就知道有一天他的手术刀上一定会染上他自己的鲜血。他说那是他的宿命，是他这个无神论者不得不相信的命运。他在临终前，将自己写给前妻的这最后一封信，连同他的手术刀等私人物品，一起托付给了我父亲。我父亲告诉我，怀特大夫在临终前的最后一刻情绪非常激动。他用法语说了一句话。我父亲没有听懂，也没有能够记下来。我父亲说他好像是提到了夏多布里昂。

我父亲告诉我，他们的领队后来就一直生活在他所说的“天堂”之中。他后来一直在中央机关工作。一九六八年五月的一个下午，一群年轻人冲到他的家里，将他从病床上拖下来，捆绑到一个批斗会的会场。他们说他是杀害怀特大夫的凶手。批斗会达到高潮的时候，一个年轻人愤怒地抡起手里的铁棍，劈打到了领队的头顶上。领队应声倒地，当场就失去了知觉。他失去了他的“天堂”，而他的“天堂”也永远失去了他。一个月之后，同一群年轻人南下到了我们居住的这座城市。他们三次搜查了我们的家和我父亲的办公室。他们希望找到关于“西方间谍”怀特大夫的更多材料。他们当然什么也没有找到。但是，那一年的秋天，我父亲作为“怀特大夫间谍案”的同案人被判处了十年有期徒刑。

这十年的囚禁生活是我父亲的“天堂”，因为他从此就完全“觉醒”了。这觉醒使他获得了内心的宁静和自由。从这时候开始，我父亲通过记忆，不断走近孤独的怀特大夫。他开始理解了他的许多细微的动作和情绪。他已经不再用他在黄河西岸第一次见到他时的那种天真幼稚的目光去看待他了。通过这种“觉醒”的记忆，怀特大夫在去世四十年之后与我父亲成了最亲密的朋友。这种跨越生死的友谊伴随我父亲走完了他人生之旅的最后那一段路程。